SEDUCIENDO

mejor AL *amigo*

DE MI

HERMANO

SEDUCIENDO

mejor AL *amigo*

DE MI
HERMANO

JENNIFER L. ARMENTROUT

escribiendo como J. LYNN

Traducción de Aida Candelario

gua editorial.

Título original: *Tempting the Best Man*, publicado en inglés,
en 2012, por Entangled Publishing, Estados Unidos

Primera edición en esta colección: abril de 2023

Copyright © 2012 by Jennifer L. Armentrout. This translation published
by arrangement with Entangled Publishing, LLC through RightsMix LLC.
All rights reserved
© de la traducción, Aida Candelario, 2023
© de la presente edición: Agua Editorial, 2023

Agua Editorial
c/ Muntaner, 269, entlo. 1ª – 08021 Barcelona
Tel.: (+34) 93 494 79 99
www.aguaeditorial.com
info@plataformaeditorial.com

Depósito legal: B 6313-2023
ISBN: 978-84-126509-4-5
IBIC: FR

Printed in Spain – Impreso en España

Diseño de cubierta:
Pablo Nanclares

Adaptación de cubierta y fotocomposición:
Grafime Digital S. L.

El papel que se ha utilizado para imprimir este libro proviene
de explotaciones forestales controladas, donde se respetan
los valores ecológicos y sociales y el desarrollo sostenible del bosque.

Impresión:
Sagrafic

Para los que creen.

Índice

Capítulo uno

A Madison Daniels, la invitación de color marfil, escrita con una elegante caligrafía y decorada con adornos de encaje, le pareció más una bomba de relojería cargada de humillación a punto de estallarle en la cara que un bonito anuncio de boda. Estaba en un buen lío.

Mitch, su hermano mayor (que tenía tres años más que ella y era su único hermano), se iba a casar este fin de semana. «Se va a casar».

Madison se alegraba muchísimo por él. De todo corazón. Su prometida, Lissa, era una chica estupenda y se habían hecho amigas enseguida. Lissa nunca le haría daño a su hermano. Podrían rodar una película romántica basada en ellos. Se conocieron en el primer año en la Universidad de Maryland, se enamoraron con locura, consiguieron empleos magníficos en empresas importantes nada más acabar la universidad y el resto era historia.

No, Mitch y Lissa no eran el problema.

Y, por supuesto, una boda en plena zona de viñedos en el norte de Virginia tampoco era el problema.

Ni siquiera sus padres medio locos (que tenían una tienda *online* muy rentable llamada LOS REYES DEL

FIN DEL MUNDO y, con seguridad, intentarían venderles máscaras antigás a los invitados) eran el problema. De hecho, Madison preferiría que se le viniera encima un asteroide, con las palabras «Jódete, Tierra» estampadas, antes que tener que hacerle frente a esto.

Recorrió la invitación con la mirada hasta llegar a la lista de damas de honor y padrinos e hizo una mueca. Exhaló despacio, agitando los largos mechones de pelo castaño que se le habían escapado del moño descuidado.

Justo enfrente de su propio nombre, separado por unos cuantos puntitos inocentes y escrito con tinta carmesí, estaba el nombre del padrino principal: Chase Gamble.

«Dios me odia». Así de simple. A ver, ella era la dama de honor principal y cualquiera de los otros hermanos Gamble podría haber valido como padrino principal. Pero no, tenía que ser Chase Gamble. Aquel hombre era el mejor amigo de su hermano mayor, su confidente, colega o lo que fuera… y, además, la pesadilla de Madison.

—Clavar los ojos en la invitación no va a cambiar nada —dijo Bridget Rodgers mientras apoyaba una cadera rellenita contra la mesa de Madison, captando su atención.

Su ayudante era el ejemplo perfecto de cómo un estilo desastroso en algunas personas podía funcionarles a otras. Hoy, Bridget llevaba una falda de tubo de color fucsia combinada con una blusa morada de estilo rústico con grandes lunares. Un pañuelo negro y unas botas de cuero completaban el *look*. Por algún extraño motivo, aquel conjunto que podría parecer un disfraz de payaso le sentaba bien. Bridget era audaz.

Madison suspiró. En este momento, le vendría bien un poco de audacia.

—No me veo capaz de lidiar con esto.

—Mira, deberías haber seguido mi consejo y haber invitado a Derek, del departamento de Historia. Al menos, así tendrías sexo salvaje en lugar de pasarte toda la boda babeando por el mejor amigo de tu hermano. Un hombre que ya te rechazó una vez, debo añadir.

Bridget tenía razón. Era así de perspicaz.

—¿Qué voy a hacer? —preguntó Madison mientras posaba la mirada en la ventana de su oficina.

Lo único que se veía era el acero y el cemento del museo situado junto al edificio donde trabajaba: el Smithsonian; algo que siempre la hacía henchirse de orgullo. Se había esforzado mucho para convertirse en una de las pocas personas privilegiadas que conseguían trabajar en esta increíble institución cultural.

Bridget se inclinó, acercando su cara a la de Madison, y volvió a captar su atención.

—Le vas a echar ovarios y vas a lidiar con ello. Puede que estés secreta y perdidamente enamorada de Chase Gamble; pero, si ese tío todavía no se ha dado cuenta de lo asombrosa que eres, está claro que está loco y no merece la pena tanta angustia.

—Lo sé, lo sé —contestó Madison—. Pero es que… me saca de quicio.

—Como la mayoría de los hombres, cielo —afirmó Bridget, guiñándole un ojo.

—Vale que no esté interesado en mí. Es decepcionante, pero puedo soportarlo. Y hasta puedo perdonarle que cambiara de opinión la única vez que casi nos acostamos. Bueno, más o menos. —Se rio sin demasiadas ganas y miró a su mejor amiga, deseando hacérselo entender—. Pero no deja de fastidiar, ¿sabes? Me toma el pelo delante de mi familia y me trata como a una hermana pequeña, mientras yo me muero de ganas de zarandearlo... y desnudarlo.

—Solo es un fin de semana. Tampoco será para tanto, ¿no? —opinó Bridget, intentando añadir un poco de sensatez al que iba a ser el peor fin de semana de la vida de Madison.

Esta dejó caer la invitación sobre la mesa, se recostó en la silla y suspiró mientras se planteaba llamar al departamento de Historia.

Chase había formado parte de su vida desde que tenía uso de razón. Siempre había estado presente. Se habían criado en la misma manzana a las afueras de Washington D. C. Mitch y Chase habían sido inseparables desde... siempre, en realidad. Lo que significaba que, al ser la pequeña de la familia, ella no tenía nada mejor que hacer de niña que seguir a su hermano y sus amigos.

Madison siempre había idolatrado a Chase. Costaba no hacerlo ante su belleza masculina, franqueza natural y aquellos hoyuelos que deberían ser ilegales. De joven, y también al hacerse adulto, Chase poseía una feroz vena protectora que podía provocar que a una chica se le acelerara el corazón. Era la clase de tío que se quitaría la camisa en medio de una nevada apocalíptica para dársela a un sin techo con el que se cruzara por la calle, pero siempre había tenido también un lado duro y peligroso.

Chase no era alguien con quien conviniera meterse.

Una vez, cuando iban al instituto, un chico se había puesto demasiado juguetón con ella dentro de su coche, frente a la casa de sus padres. Chase iba saliendo de allí y la oyó protestar cuando una mano fue a parar a donde ella no quería.

Después de aquel altercado, el otro chico no pudo andar bien durante varias semanas.

Y ese incidente fortaleció un enamoramiento adolescente que se resistía a morir.

Durante su época en el instituto y los dos primeros años de universidad, todo Dios sabía que estaba colada por Chase. Caray, era bien sabido que, dondequiera que estuvieran Mitch y Chase… ella no andaría muy lejos. Por triste que fuera (y era patético), Madison había ido a la Universidad de Maryland porque ellos estudiaban allí.

Todo cambió en su tercer año de universidad, la noche en la que Chase abrió su primer club nocturno.

Después de eso… Madison hizo todo lo posible por evitar cruzarse con él. Aunque no es que sirviera de mucho.

Cabría pensar que, en una ciudad tan superpoblada como Washington D.C., podría eludir a ese desgraciado; pero no, las jodidas leyes de la naturaleza eran crueles e implacables.

Chase estaba en todas partes. Madison había alquilado uno de los pisos más pequeños de la segunda planta de Gallery Place y, semanas después, él había comprado uno de los áticos de la última planta. Incluso durante las vacaciones familiares, sus hermanos y él tenían siempre un puesto reservado en la mesa de los padres de Madison, ya que estos consideraban a los Gamble casi como a sus propios hijos.

Por la mañana temprano, cuando Madison iba al gimnasio, él estaba allí haciendo pesas mientras ella realizaba su rutina diaria en la elíptica. ¿Y cuando Chase se subía a la cinta de correr? Madre mía, ¿quién iba a decir que los músculos de las pantorrillas podían ser tan sexis? ¿Quién podría culparla por quedarse mirándolo y hasta babear un poco? Puede que incluso se hubiera caído de la elíptica un par de veces cuando él se levantaba la camiseta para limpiarse la frente con el dobladillo y dejaba al descubierto unos abdominales que daban la impresión de que le hubieran introducido rodillos bajo la piel, por el amor de Dios.

¿Quién no se distraería y acabaría por los suelos?

Joder, si Madison iba a la tienda de comestibles de la esquina, él también estaba allí, palpando los melocotones con aquellos maravillosos y largos dedos. Unos dedos que sin duda sabían rasguear una guitarra igual de bien que llevar a una mujer al orgasmo.

Porque ella ya lo sabía… Sabía a la perfección lo bueno que era.

Claro que, a estas alturas, era probable que la mitad de la población de D.C. ya supiera lo bueno que era con esas manos.

—Has vuelto a poner esa cara —comentó Bridget, enarcando una ceja—. Conozco esa cara.

Madison negó con la cabeza. Tenía que dejar de pensar de una vez en los dedos de Chase, pero no conseguía librarse de aquel enamoramiento de su juventud: la personificación de todas sus fantasías. Nunca había superado ese encaprichamiento, motivo por el cual ningún tío le duraba más de unos meses, aunque se llevaría ese secreto a la tumba.

Para ella, Chase era el anticristo.

Un anticristo increíblemente sexi…

De repente sintió demasiado calor. Se tiró del borde de la blusa y observó la invitación con el ceño fruncido. Solo serían cuatro días en unos románticos viñedos de lujo. Habría cientos de personas allí y, aunque tendría que lidiar con Chase durante el ensayo y la boda, no le costaría encontrar formas creativas de esquivarlo.

No obstante, el nervioso aleteo que notaba en la boca del estómago y la excitación que le corría por las venas contaban una historia del todo distinta; porque, siendo sincera, ¿cómo iba a mantenerse alejada del único hombre al que había amado… y al que quería mutilar?

—Pásame el listado de empleados —dijo Madison, preguntándose si Derek estaría disponible después de todo.

* * *

El trayecto hasta Hillsboro, en Virginia, el miércoles por la mañana no fue un suplicio, ya que todo el mundo se dirigía a la ciudad a trabajar como cada día; pero Madison conducía como si estuviera haciendo una prueba para participar en la NASCAR.

Según las tres llamadas perdidas de su madre (que creía que la habían secuestrado en aquella ciudad tan grande y mala y ahora la retenían a cambio de un dineral), los cuatro mensajes de texto de su hermano en los que se preguntaba si Madison sabría circular por la circunvalación (porque, por lo visto, las hermanas pequeñas no sabían conducir) y el mensaje de voz de su padre advirtiéndole de que había un problema con las reservas, llegaba tarde al *brunch*.

¿Quién diablos seguía haciendo *brunch*?

Tamborileó con los dedos contra el volante y entornó los ojos cuando el sol de finales de mayo se reflejó en la señal de salida. Pues sí, al pasar a toda velocidad se dio cuenta de que se había saltado la salida.

Mierda.

Le lanzó una mirada hostil a su móvil, pues estaba segura de que iba a sonar en cualquier momento, cambió con rapidez de carril y tomó la siguiente salida para poder retroceder hasta el lugar correcto.

No llegaría tarde ni tendría tal... empanada mental si anoche hubiera hecho la maleta como una mujer normal y emocionalmente equilibrada de veintitantos años (una mujer de éxito y emocionalmente equilibrada) en lugar de lamentarse por tener que caminar hasta el altar del brazo de Chase, porque eso era muy cruel. Y, para colmo, Derek tenía otra cita ese fin de semana y no había podido acompañarla.

El móvil sonó al mismo tiempo que las ruedas del Charger tocaban la rampa de salida correcta. Le lanzó un gruñido, deseando enviar aquel maldito trasto al décimo círculo del infierno. ¿Había diez círculos? No tenía ni idea, pero supuso que, cuando todos hubieran bebido unas cuantas copas y empezaran a hablar de que Madison solía correr por ahí sin camiseta de niña, habría veinte círculos en el infierno, y ella los habría visitado todos.

Unos altos nogales negros se agolpaban a ambos lados de la ruta rural por la que avanzaba como una flecha, proyectando sus sombras sobre la carretera y dándole un aire casi etéreo. Más adelante, las montañas de un tono azul intenso se erguían imponentes sobre el valle. No cabía duda de que, si el tiempo acompañaba, la boda al aire libre iba a ser preciosa.

Un estallido repentino le hizo levantar la barbilla. El volante se desvió a la izquierda, luego a la derecha y de nuevo a la izquierda. Madison aferró el volante, con el corazón acelerado, mientras zigzagueaba y cruzaba la línea central de la carretera como si fuera el típico conductor borracho.

—Joder —masculló, abriendo los ojos como platos, mientras recuperaba el control del Charger. Un pinchazo… Se le había reventado un puñetero neumático—. ¡Cómo no!

Al mismo tiempo que deliberaba si intentar o no recorrer los siguientes quince kilómetros con la rueda pinchada, escupió tal sarta de palabrotas que habría hecho sonrojar a su hermano. Luego giró el volante a la derecha y se detuvo en el arcén. Después de apagar el motor, se planteó salir del maldito coche y darle una patada. En cambio, hizo lo más maduro: apoyó la cabeza en el volante y soltó otras cuantas palabrotas más.

Esto no estaba empezando nada bien.

Levantó la cabeza y miró el móvil. Lo cogió del asiento, revisó el listado de contactos y luego pulsó enseguida el botón de llamada. Alguien respondió después de solo dos tonos.

—¿Maddie? ¿Dónde rayos estás, muchacha? —exclamó la voz preocupada de su padre—. Tu madre está a punto de llamar a la policía estatal y no estoy seguro de cuánto…

—Estoy bien, papá. He pinchado a unos quince kilómetros.

Por encima de las risas y el ruido de los cubiertos, su padre resopló.

—¿Que has qué?

A Madison le rugió el estómago, recordándole que eran más de las once y todavía no había desayunado.

—Pinchado. Una rueda.

—¿Que has chupado qué?

—Pinchado —repitió, poniendo los ojos en blanco.

—Espera un momento. No te oigo. Gente, ¿podéis bajar el tono? —Su voz sonó un poco más lejos del micrófono—. Tengo a Maddie al teléfono y dice que ha chupado algo.

Unas carcajadas masculinas resonaron en la sala.

Madre del amor hermoso.

—Lo siento, cielo. Vale, ¿qué ha pasado? —le preguntó su padre—. ¿Qué dices que has chupado?

—¡He pinchado! ¡Se me ha pinchado una rueda! Esas cosas redondas hechas de caucho, ¿sabes?

—¡Ah! Ahora lo entiendo. —Su padre soltó una risita—. Esto parece una casa de locos, con todos comiendo juntos. ¿Te acordaste de sustituir la rueda de repuesto después del último pinchazo? Ya sabes que siempre tienes que estar preparada, cielo. ¿Y si tuvieras que salir de la ciudad durante una evacuación?

Madison estaba a punto de empezar a golpearse la cara contra el volante. Quería a sus padres con locura, pero no le apetecía nada hablar de lo poco previsora que era mientras una sala llena de hombres se reía de que estuviera chupando algo… Mientras Chase se reía, porque sin duda había distinguido su profunda voz de barítono en el ruido de fondo. Ya se le había formado un nudo en el estómago ante la idea de verlo pronto.

—Ya lo sé, papá, pero todavía no he tenido ocasión de comprar otra rueda de repuesto.

—Deberías llevarla siempre. ¿Acaso no te hemos enseñado nada sobre la importancia de estar preparados para cualquier cosa?

Bueno, ahora mismo eso ya daba igual, ¿no? Además, ni que un cometa se hubiera estrellado contra su coche.

Su padre suspiró, como hacen todos los padres cuando sus hijas necesitan que las rescaten, sin importar la edad que tengan.

—Quédate ahí, cielo. Ahora mismo vamos a buscarte.

—Gracias, papá.

A continuación, cortó la llamada y se guardó el móvil en el bolso.

Le resultó muy fácil imaginarse a su inexplicable numerosa familia apiñada alrededor de la mesa, sacudiendo la cabeza con cara de resignación. Típico de Maddie llegar tarde. Típico de Maddie tener un pinchazo y no llevar rueda de repuesto. Ser la más joven de una familia compuesta de parientes consanguíneos y la tropa de los Gamble era un asco.

Hiciera lo que hiciese, siempre sería la pequeña Maddie. No Madison, que supervisaba los servicios de voluntariado en la biblioteca del Smithsonian. Puesto que desde pequeña había sido una friki de la historia, consideraba que había escogido la profesión adecuada.

Se apoyó contra el reposacabezas y cerró los ojos. Incluso con el aire acondicionado encendido, el calor del exterior había empezado a penetrar. Se desabrochó los primeros botones de la blusa y se alegró de haber optado por unos ligeros pantalones de lino en lugar de unos vaqueros. Teniendo en cuenta su suerte, sufriría una insolación antes de que llegaran su padre o su hermano.

Detestaba haber causado que alguno de ellos se perdiera el comienzo de las celebraciones. Eso era lo último que quería. Y detestaba casi tanto saber que Chase, con seguridad, estaría pensando de ella lo mismo que los demás.

Transcurrieron unos minutos y debió quedarse dormida porque, de repente, oyó que alguien daba unos golpecitos en la ventanilla.

Parpadeó despacio mientras pulsaba el botón para bajar el cristal y, al girar la cabeza, se encontró con unos ojos azul cerúleo bordeados por unas increíbles pestañas negras y densas.

Oh... Oh, no...

El corazón de Madison empezó a latir como loco mientras su mirada recorría unos pómulos altos que le resultaron dolorosamente familiares y unos labios carnosos que parecían una suave tentación, pero que podían ser firmes e inflexibles. El pelo de color castaño oscuro le caía sobre la frente, siempre a punto de necesitar ir al peluquero. Una nariz prominente con una ligera protuberancia debido a que se la había roto durante sus años universitarios le proporcionaba a su belleza masculina, por lo demás perfecta, un toque duro, peligroso, sexi...

La mirada de Madison descendió por la sencilla camiseta blanca que ceñía unos hombros anchos, un pecho duro como una roca y una cintura estrecha. Los vaqueros le colgaban bastante bajos en las caderas y, gracias a Dios, la puerta del coche le impedía ver nada más.

Cuando se obligó a volver a mirarlo a la cara, Madison inhaló con fuerza.

Aquellos labios se habían curvado formando una media sonrisa cómplice que le provocó un hormigueo en las entrañas. Y, como si alguien hubiera lanzado una cerilla en medio de un charco de gasolina, su cuerpo se encendió y unas llamaradas lamieron cada centímetro de su ser.

Madison detestaba que verlo le provocara esa respuesta inmediata, desearía que cualquier otro tío soltero en cien kilómetros a la redonda le hiciera arder la sangre de la misma forma… y, sin embargo, le entusiasmaba que fuera así. Aquel hombre la desarmaba por completo.

—Chase —dijo con voz entrecortada.

La sonrisa de él se volvió más amplia y, caray, ahí estaban esos hoyuelos.

—¿Maddie?

Un estremecimiento recorrió el cuerpo de Madison al oír su voz. Era profunda y tersa como el *whisky* añejo. Esa voz debería ser ilegal, igual que el resto del paquete. Volvió a bajar la mirada. «Maldita puerta», pensó, porque no cabía duda de que el paquete era impresionante.

Durante un breve e indeseado segundo, retrocedió hasta su tercer año de universidad, hasta la noche en la que visitó el club de Chase por primera vez y entró en su elegante oficina. Llena de esperanza, llena de deseos…

Madison superó su estupor y se incorporó en el asiento, enderezando la espalda.

—¿Decidieron enviarte a ti?

Él soltó una risita, como si hubiera dicho algo supergracioso.

—En realidad, me ofrecí voluntario.

—¿En serio?

—Por supuesto —contestó él arrastrando las palabras con calma—. Me moría de ganas por ver qué estaba chupando la pequeña Maddie Daniels.

Capítulo dos

Un segundo después de que esas palabras salieran de su boca, Chase comprendió que había cometido un error; pero, caray, no se arrepentía de haberlo dicho. Un rubor intenso, sexi y en exceso pecaminoso se extendió por las mejillas de Maddie y le bajó por el cuello. Una parte de Chase (un fragmento despiadado) podría llegar a romper piernas y aplastar manos para comprobar hasta dónde llegaba ese rubor.

Pero, como ya había aprendido antes, en el último segundo posible, Maddie Daniels era terreno prohibido.

Vio cómo sus labios carnosos se apretaban y la ira destellaba en sus ojos color avellana, haciendo que adquirieran un tono más verde que marrón. Sus ojos cambiaban de color en función de sus emociones y, en los últimos tiempos, él los veía verdes casi siempre.

—Eso ha sido una grosería, Chase.

Él se limitó a encogerse de hombros. La cortesía no era su fuerte.

—¿Vas a quedarte en el coche o piensas salir?

Por la cara que puso, Chase tuvo la impresión de que tendría que sacarla de allí a la fuerza.

—¿Se supone que debo dejarlo aquí, a un lado de la carretera?

—He llamado a una grúa y ya están en camino. Si abres el maletero, sacaré tus cosas.

Cuando ella apartó por fin la mirada, Chase se relajó un poco.

—Bonito coche —comentó Maddie.

Chase miró por encima del hombro hacia el Porsche negro que relucía bajo la luz del sol.

—Solo es un coche.

Uno de los tres que tenía. Preferiría haber traído la camioneta, pero aquel trasto tragaba una barbaridad de gasolina. Se giró de nuevo hacia el problemilla que tenía entre manos y se hizo a un lado.

—Maddie, ¿vas a venir conmigo o no?

Cuando ella lo escrutó, con actitud casi desafiante, Chase por poco suelta una carcajada. Maddie medía poco más de metro y medio y puede que pesara menos de cincuenta kilos. Él era mucho más alto que ella y podría echársela sin dificultad al hombro con un solo brazo.

Se quedaron mirándose el uno al otro.

A cada segundo que pasaba, tener que sacarla del coche a la fuerza y echársela al hombro parecía lo más probable. Puede que incluso le diera unos cuantos azotes, que era evidente que se merecía.

Su pene apoyó la idea, hinchándose de forma casi dolorosa dentro de los vaqueros.

El sentido común se opuso, golpeándolo en las entrañas.

Chase tenía claro que se parecía a su padre: había alcanzado el éxito siendo joven, era decidido, tenía mucho dinero y portaba el gen familiar que le permitía joder cualquier relación seria en menos de diez segundos.

Y todo el mundo, incluida Maddie, sabía que era como su padre.

«Así que es evidente que es hora de buscar otra táctica mejor», pensó mientras respiraba hondo.

—Tu madre te ha guardado un trozo de tarta de queso.

Los ojos de Maddie se volvieron vidriosos. Él ya había visto esa expresión unas cuantas veces antes. Desde siempre, el chocolate y los postres la habían hecho poner esa cara de felicidad poscoital, lo cual no le estaba ayudando con el problema que tenía dentro de los vaqueros.

Cuando la puerta del coche se abrió sin previo aviso, Chase se apartó de un salto y evitó por los pelos quedarse impotente por accidente.

—Tarta de queso —repitió Maddie con una gran sonrisa—. ¿Cubierta de fresas?

Él reprimió una sonrisa.

—Acompañada de chocolate para mojarla, como a ti te gusta.

Maddie apoyó las manos en sus caderas curvilíneas y ladeó la cabeza.

—Bueno, ¿a qué estás esperando? —Pulsó un botón de las llaves y el maletero se abrió—. Cada segundo que pase antes de hincarle el diente a esa tarta de queso, más peligroso se volverá este viaje.

Este viaje ya era peligroso.

Chase se dirigió a la parte posterior del coche mientras ella cogía algunas cosas del asiento trasero. Solo había una maleta en el maletero. Maddie siempre viajaba con poco equipaje. Él había salido con chicas que no podían pasar una noche fuera de casa sin tres mudas de ropa y una docena de pares de zapatos. Maddie tenía gustos sencillos, quizá por haberse criado con un grupo de chicos revoltosos.

Tras coger la maleta y cerrar el maletero, rodeó la parte posterior del coche y, entonces, se detuvo en seco. Por el amor de Dios...

Maddie estaba agachada, sacando una larga funda para ropa del asiento trasero. Los finos pantalones de lino se tensaban sobre aquel culo redondo al que él sabía que le dedicaba mucho esfuerzo. ¿Cuántas veces la había observado mientras estaba en la elíptica en el gimnasio? Demasiadas para llevar la cuenta.

Estaba claro que tenía que empezar a hacer ejercicio a otra hora.

Pero le resultó imposible apartar los ojos de ella. Aunque Maddie fuera menuda, tenía unas curvas de infarto y, a pesar de que no era el tipo de mujer que él solía preferir, era preciosa a su manera. Tenía una nariz respingona, labios carnosos y los pómulos salpicados de pecas. El pelo, que ahora llevaba recogido, le llegaba por lo general hasta media espalda.

Un hombre podría perderse sin problemas en esa clase de pelo... en esa clase de cuerpo. Pero no se trataba solo de eso. Maddie haría muy feliz a algún hijo de puta algún día. Lo tenía todo, y siempre había sido así: era lista, divertida, tenaz y amable.

Y ese culo...

Chase dio media vuelta mientras inspiraba por la nariz. Casi se vio tentado de dejarla en el hotel, ir a la ciudad y ligarse a la primera tía con la que se cruzara. O agarrarle el culo a Maddie.

Ella pasó a su lado y le lanzó una mirada extraña por encima del hombro.

—¿Te estás quedando dormido? Déjame adivinar. ¿Bambi o Susie te mantuvieron despierto hasta tarde? Nunca consigo distinguirlas.

—¿Te refieres a las gemelas Banks?

Maddie ladeó la cabeza, aguardando.

—Se llaman Lucy y Lago —la corrigió.

Ella puso los ojos en blanco.

—¿Quién llama a su hija Lago? ¡Tengo una idea! Si tenéis hijos, podéis ponerles Río y Arroyo. —Sacudió la cabeza, entornando los ojos. Se le dibujó una expresión de complicidad en la cara—. Así que ¿sigues saliendo con ellas?

Para ser sincero, «salir» no era el término que él usaría para definir su relación con las larguiruchas gemelas.

—No estoy saliendo con las dos a la vez, Maddie. Ni lo he hecho nunca.

—Eso no es lo que he oído.

—Pues lo que hayas oído es mentira.

Sin embargo, ella no pareció creérselo. Chase apretó la mandíbula y la siguió hasta su propio coche. No tenía sentido intentar hacerla cambiar de opinión porque era probable que ya se hubiera ganado la misma reputación que su padre.

Cuando abrió el maletero, Maddie frunció el ceño.

—¿Todavía no has estado en tu habitación?

Chase depositó dentro la maleta de ella junto a la suya.

—Aún no me he registrado. Llegué apenas unos quince minutos antes de que llamaras pidiendo que te rescataran.

Maddie se alisó unas arrugas invisibles de los pantalones, manteniendo la barbilla baja.

—No necesitaba que me rescataran.

Él arqueó una ceja con gesto burlón.

—A mí me parece que sí.

—Solo porque haya pinchado...

—¿Has dicho pinchado o...?

Cuando Maddie alzó de nuevo la mirada, Chase sintió el efecto de esos expresivos ojos en lo más profundo de su ser. Siempre conseguía dejarlo sin aliento con una simple mirada.

—¿O qué?

—¿O chupado?

Ella puso los ojos en blanco.

—Qué maduro.

—En fin, que se te pinchó una rueda y tuve que venir a buscarte. A mí me parece que eso es rescatarte.

Maddie resopló, dio media vuelta y regresó a su coche. Tras coger su bolso, se dirigió con paso airado al lado del acompañante del Porsche.

Chase comentó con una amplia sonrisa:

—Deberías llevar siempre...

—Una rueda de repuesto. Ya lo sé —lo interrumpió ella y se subió al coche.

Chase se rio entre dientes mientras se situaba al volante y la miró de reojo. Ella tenía la mirada clavada en la ventanilla tintada y aferraba el móvil con la mano como si fuera un salvavidas. Chase se acomodó en el asiento con disimulo y rogó poder controlarse antes de tener que hacerle frente de nuevo a la avalancha de familiares de Maddie.

Los primeros diez kilómetros de regreso al viñedo donde se iba a casar su amigo transcurrieron en silencio. El ambiente no era hostil; pero, sin duda, tampoco estaba siendo una experiencia demasiado agradable.

Chase se dijo que no debería darle importancia, pero no pudo evitar preguntar:

—¿Por qué estás de morros?

—No estoy de morros —contestó ella lanzándole una mirada hosca.

—Pues lo parece, Maddie.

—Deja de llamarme así. —Rebuscó en su bolso y sacó unas gafas de sol. Tras ponérselas, se giró de nuevo hacia él. Le quedaban bien—. Odio que me llames así.

—¿Por qué?

Ella no contestó.

Chase suspiró y buscó un tema de conversación seguro.

—Tu hermano está muy feliz.

A su lado, Maddie se relajó un poco.

—Sí, lo sé. Me alegro mucho por él. Se lo merece, ¿verdad? Es tan bueno que cualquier otra chica se aprovecharía de eso.

—Cierto.

Chase apartó un instante la mirada de la carretera. Al comprobar que ella seguía mirándolo, detestó que las gafas de sol le ocultaran los ojos. No tenía ni idea de en qué estaría pensando aquella fierecilla detrás de los cristales oscuros.

—Lissa es una buena chica —añadió—. Se portará bien con Mitch.

Maddie se mordió el labio inferior y luego contestó:

—Y Mitch se portará bien con ella.

Chase esbozó una leve sonrisa.

—Así es. Aunque… ¿casarse? Nunca pensé que llegaría el día en el que sentara la cabeza.

—No me apetece nada oír hablar de sus correrías. —Maddie se pasó una mano por el pelo, alisando unos pocos mechones sueltos que se le habían escapado del moño—. Todavía no he comido.

—¿Sería mejor con el estómago lleno?

Ella resopló.

—¿Te acuerdas de aquella chica con la que salió en la universidad, en segundo curso?

Cuando ella abrió los ojos como platos, la sonrisa de Chase se volvió más amplia.

—Madre mía, ¿la que empezó a buscar nombres para sus hijos en la primera cita? —dijo Maddie, riéndose—. ¿Cómo se llamaba?

—Linda Bullock.

—¡Eso es! —exclamó ella, dando un saltito en el asiento—. Tenía a Mitch muerto de miedo, lo llamaba a cualquier hora de la noche. Se puso como loco cuando me lo contaste.

—Esa tía acampó fuera de nuestra residencia después de una sola cita. —Chase sacudió la cabeza—. Era guapa, pero estaba como una cabra.

Se estaban acercando rápido a los viñedos. Dentro de poco, Maddie se vería rodeada de personas que la querían y se preocupaban por ella; mientras que él se reuniría de nuevo con sus hermanos y los vería revisar la lista de invitados centrándose en las mujeres.

Como si le hubiera leído la mente, ella lo miró y dijo:

—Apuesto a que tus hermanos y tú estaréis frotándoos las manos.

—¿Y eso por qué?

Los labios de Maddie se curvaron formando una sonrisa tensa.

—Es una boda, lo que significa ligues fáciles.

—¿Insinúas que necesito ayuda para ligar?

—Tal vez.

—Me parece que sabes de sobra que no —contestó él, riéndose entre dientes.

Un intenso rubor le tiñó las mejillas bajo las gafas de sol. Ver cómo aquel atractivo sonrojo le hacía arder la cara casi valía la pena mencionar aquel tema, revivir recuerdos que debían permanecer en el pasado.

—Vale, no necesitas ayuda para ligar. No me refiero a eso.

—Entonces, ¿a qué te refieres, Maddie?

Notó cómo la frustración brotaba de ella mientras deslizaba la mano por el cuero color crema del asiento efectuando largas y lánguidas caricias que hicieron que se le agitara el pene.

—Lissa tiene muchas amigas guapas. No son las gemelas Banks, pero aun así…

Chase asintió con la cabeza y luego sacó sus propias gafas de sol de la visera.

—Así es.

—Así que, como te decía, tus hermanos y tú os vais a divertir.

—Tal vez. —Alargó la mano y le tocó el antebrazo para captar su atención y señalarle las largas hileras de vides que se extendían por el valle, a su izquierda. Cuando ella se apartó de inmediato, Chase enarcó las cejas, un tanto ofendido—. Estás un poco susceptible, ¿no?

—No. Lo siento. Es que he tomado demasiada cafeína.

Entonces, Chase cayó en la cuenta de lo que pasaba. A veces, se le olvidaba que la relación entre ellos ya no era como antes, y eso era una putada.

Maddie carraspeó y luego le preguntó:

—Bueno, ¿y cuándo os vais a casar tus hermanos y tú?

Chase soltó una carcajada forzada.

—Por el amor de Dios, Maddie.

—¿Qué pasa? —Ella puso cara larga, inclinando las comisuras de los labios hacia abajo—. No es una pregunta descabellada. Os estáis haciendo mayores.

Chase se volvió a reír, sacudiendo la cabeza. No era viejo, solo tenía veintiocho años. Chad, su hermano mediano, tenía treinta años y su hermano mayor, Chandler, treinta y uno. A ninguno de ellos le entusiasmaba la idea del matrimonio. Era imposible después de ver lo que les hizo a sus padres. O, en realidad, lo que su padre le hizo a su madre. Ese era el motivo por el que los tres, de alguna forma, se habían criado en casa de los Daniels.

Maddie se inclinó sobre el asiento para golpearlo en el muslo con su pequeño puño.

—Deja de reírte de mí, imbécil.

—No puedo evitarlo. Eres muy graciosa.

—Olvídalo.

Chase sonrió mientras tomaba el siguiente desvío a la izquierda y avanzaba por el camino privado que conducía al viñedo.

—Creo que no estamos hechos para el matrimonio, Maddie. Ya sabes lo que dicen de nosotros.

—¿Quién va a arriesgarse con los Gamble? —Hizo un leve gesto negativo con la cabeza y añadió—: Ya no estamos en el instituto ni en la universidad, Chase.

Él desplazó la mirada desde el suave muslo de Maddie hasta los botones desabrochados de la blusa, que dejaban entrever el tentador contorno de sus pechos.

—Sí —contestó, concentrándose en el camino. Le dolían los nudillos de tanto apretar la palanca de cambios—. Desde luego que ya no estamos en el instituto.

Ella le dedicó una sonrisa rápida antes de girarse de nuevo hacia su ventanilla, como si contemplara las colinas ondulantes, pero luego tuvo que poner el dedo en la llaga.

—No eres como tu padre, Chase.

—Tú, en concreto, deberías saber que soy justo igual que mi padre —le espetó, con un tono más duro de lo que pretendía.

Maddie se volvió a mirarlo. Las mejillas se le quedaron pálidas y luego se le sonrojaron. Abrió la boca, pero después la cerró y se giró de nuevo hacia la ventanilla.

Chase gimió.

—Joder, Maddie, no pretendía insinuar que…

—Da igual. Olvídalo.

Él sabía que «da igual» y «olvídalo» significaban que estaba cabreada. Eran las mismas palabras que su madre usaba una y otra vez cuando su padre no volvía a casa por la noche o desaparecía al surgirle un inesperado viaje de negocios.

Chase soltó otra palabrota.

Mientras recorría el sinuoso camino, contuvo el impulso de disculparse. Era mejor así. Durante muchos años, Maddie solo había sido la hermana pequeña de Mitch. Sí, Chase mantenía una actitud protectora hacia ella, pero eso era algo natural. Sin embargo, aquella noche, tantos años atrás, había arruinado las cosas entre ellos para siempre. Y él sabía, sin duda, que no había vuelta atrás.

Al igual que no hubo vuelta atrás para sus padres.

* * *

De camino al edificio principal del hotel, Madison se esforzó por no fijar la mirada en Chase, por no dejarse atraer por su actitud ufana, por no acabar enredada en la telaraña que él tejía sin saberlo por el mero hecho de estar a su lado. Así que mantuvo la vista al frente y lo ignoró.

Una pareja de ancianos avanzaba con lentitud por el sendero, tomados de la mano con fuerza. Se miraban el uno al otro con tanto amor que Madison sintió una punzada de envidia. Esa era la clase de amor con la que soñaba de niña: un amor que no se desvanecía con el paso de las décadas, sino que se volvía más fuerte.

Los zapatos de suela gruesa de la mujer resbalaron al pisar una de las piedrecitas del sendero. El marido la sujetó por un brazo con facilidad, pero se le cayó el bolso del otro brazo y el contenido se derramó sobre las piedras blancas.

Madison se acercó a toda prisa y se arrodilló para recoger las pertenencias de la mujer.

—Ay, gracias, cielo —dijo la anciana con voz suave—. Me estoy volviendo muy torpe al hacerme vieja.

—No se preocupe. —Madison sonrió mientras le devolvía el bolso—. Que tengan un buen día.

Al regresar junto a Chase, vio que él le estaba sonriendo. No se trataba de una sonrisa amplia que hiciera que se le formaran aquellos hoyuelos, sino más bien una sonrisa pequeña y privada.

—¿Qué pasa?

—Nada —contestó él, sacudiendo con suavidad la cabeza.

En cuanto Madison entró en el acogedor atrio de Viñedos Belle, su familia la atacó. Recibió fortísimos abrazos de primos hermanos, primos segundos, algunas personas a las que ni siquiera reconoció y un tío. Abrazos que la alzaron en volandas y la dejaron un poco mareada.

No obstante, cuando vio a su hermano más allá del atrio, de pie ante varias mesas largas cubiertas con manteles blancos, sonrió de oreja a oreja y echó a correr.

Mitch era alto, como su padre, y llevaba el pelo castaño muy corto. Debido a su atractivo aspecto de estadounidense modélico y su carácter dulce, solía contar con una legión de mujeres suspirando por él. Entre las que se incluían las amigas de Madison. Sin ninguna duda, las solteras estarían de luto ese fin de semana, pero él solo tenía ojos para Lissa desde que la conoció.

Mitch la alcanzó a medio camino y la hizo girar por los aires.

—Estábamos empezando a pensar que pretendías boicotear la boda.

—¡Ni loca! —Se rio, aferrándose a sus brazos. No veía a su hermano desde Navidad. Lissa y él se habían mudado a Fairfax (que no quedaba demasiado lejos) y, como estaban muy ocupados con sus trabajos, les quedaba poco tiempo para reuniones familiares—. Te he echado de menos.

—Venga, no te me eches a llorar ya.

—No estoy llorando —repuso ella, parpadeando con rapidez.

—Bien. —Su hermano le dio otro enorme abrazo—. Creo que has crecido unos cinco centímetros.

Madison se soltó, riéndose.

—Dejé de crecer hace unos diez años.

—Más bien veinte —intervino la estruendosa voz de su padre desde la cabecera de la mesa.

A aquel hombretón puede que le horrorizara que una hija suya pareciera una liliputiense.

Por encima del hombro de Mitch, vio que Lissa aguardaba con una sonrisa cordial. Tras liberarse de su hermano, Madison se acercó a la esbelta rubia y le dio un fuerte abrazo.

—Me alegro muchísimo de que estés aquí —dijo Lissa, apartándose. Los ojos grises se le anegaron en lágrimas—. Ahora todo es perfecto. Ven, tu madre te ha guardado una ración de postre.

Mientras la seguía, Madison miró por encima del hombro. Mitch tenía la mano apoyada sobre el hombro de Chase y ambos se reían. Un instante después, Chase levantó la vista y sus ojos se encontraron con los de ella.

Madison apartó la mirada y por poco se choca con Chandler. Se trataba del hermano Gamble más grande y musculoso y, sin duda, el más intimidante. Los tres hermanos tenían las mismas facciones marcadas y aquellos extraordinarios ojos azules, pero Chandler medía casi diez centímetros más que los otros dos.

—Cuidado, renacuaja —comentó, esquivándola—. No quiero atropellar a una de las damas de honor.

«¿Renacuaja?»

—Gracias, Godzilla.

Entonces, Chandler tuvo la desfachatez de alborotarle el pelo como si todavía fuera una niña de doce años.

Madison le lanzó un manotazo, pero falló por muchísimo, algo impresionante teniendo en cuenta lo corpulento que era.

Chandler se rio mientras se reunía con Mitch y su hermano. Por el momento, todavía no había visto al hermano mediano. Chad tenía fama de bromista y nadie estaba a salvo cuando él estaba cerca.

Megan Daniels se encontraba sentada junto a su marido en la gran sala con techo abovedado. A Madison le resultó sorprendente que su madre estuviera a punto de cumplir cincuenta y seis años, pues no tenía ni una sola cana en la ondulada melena de color castaño rojizo.

—Siéntate, cielo —le dijo su madre mientras daba una palmadita en la silla situada a su lado—. Te he guardado un poco de tarta de queso.

Madison no necesitó que se lo dijera dos veces. Se sentó y empezó a comer de inmediato mientras escuchaba cómo las conversaciones fluían a su alrededor a medida que los demás se relajaban en sus asientos alrededor de las largas mesas. Algún primo lejano o algún familiar de Lissa apareció de vez en cuando. Los padres de la novia parecían simpáticos y se llevaban bien con los del novio.

El señor Grant, el padre de Lissa, incluso sonrió cuando el padre de Madison se puso a hablar de la siguiente generación de generadores capaces de hacer funcionar un búnker de cuatrocientos metros cuadrados.

Madison vio que su madre ponía los ojos en blanco.

—Ya sabes que a tu padre le gusta hablar de trabajo.

Sí, pero las conversaciones de trabajo de la mayoría de la gente no se centraban en un apocalipsis.

Como todos los demás estaban entretenidos, Madison se apropió de las dos últimas galletas de una bandeja y casi se las tragó enteras. Si esto se consideraba un «*brunch*», puede que se convirtiera en su comida favorita del día.

—Chase fue muy amable al ofrecerse a ir a recogerte, cielo —comentó su madre con un brillo en los ojos—. No llevaba aquí ni diez minutos, pero se fue enseguida a buscarte.

Madison casi se atraganta con la galleta.

—Sí, fue muy amable.

Su madre se inclinó hacia ella y añadió en voz baja:

—Sigue soltero, ¿sabes?

Madison carraspeó. Menos mal que Chase no estaba cerca de la mesa.

—Bien por él.

—Y solías estar coladita por él. Era adorable.

Madison abrió la boca para negarlo, pero la señora Grant intervino antes de poder decir ni una palabra.

—¿Colada por quién?

—Por Chase. —Su madre señaló con gesto cómplice hacia el frente de la sala—. Maddie los seguía a Mitch y a él a todas partes como…

—Mamá —gimió Madison, deseando esconderse debajo de la mesa—. No los seguía como un perrito.

Su madre se limitó a sonreír.

—Qué tierno —opinó la señora Grant mientras dirigía la mirada hacia donde Chase y el resto de los hombres permanecían de pie—. Y parece un joven encantador. Mitch nos contó que tiene varios clubes nocturnos en la ciudad.

La madre de Madison empezó a relatar con todo detalle los éxitos de Chase, que eran impresionantes. A lo largo de los últimos siete años, había abierto varios bares de lujo muy rentables, lo que lo había convertido en uno de los solteros más cotizados de la ciudad.

Pero su madre pasó por alto la conocida fama de *playboy* de Chase. Madison no había estado en ninguno de sus clubes desde que tenía veintiún años, desde aquella noche desastrosa en la que el alcohol y varios años de fantasear con un tío llegaron a un punto crítico del todo humillante.

Tras beber un sorbo de agua, se excusó y fue a comprobar la reserva de su alojamiento. Pasó entre las mesas y se dirigió al amplio vestíbulo, de camino al mostrador de recepción. Sin embargo, al salir del comedor, se dio cuenta de que tenía compañía.

Chase se situó a su lado, con las manos metidas en los bolsillos de los vaqueros. Era mucho más alto que ella, lo que siempre la hacía sentir como una enana cuando estaba junto a él.

Lo miró con una ceja enarcada, intentando fingir indiferencia a pesar de que el corazón le latía con fuerza al caminar tan juntos.

—¿Me estás siguiendo?

—Se me ocurrió volver las tornas.

—Ja, ja.

—En realidad, iba a recoger la llave de mi bungaló —dijo Chase, sonriendo.

—Yo también.

Viñedos Belle contaba con varios bungalós repartidos por la finca y habían reservado la mayoría de ellos para los asistentes a la boda prevista para el sábado.

Madison se mordió el labio al caer en la cuenta de que todavía no le había dado las gracias a Chase.

—Gracias por venir a buscarme. Lamento la molestia.

Él se encogió de hombros, pero no dijo nada. Recorrieron los elegantes pasillos con paredes de troncos a la vista y, por fin, llegaron a la recepción.

El hombre mayor que había detrás del mostrador, en cuya chapa de identificación ponía «BOB», les sonrió.

—¿En qué puedo ayudarles?

Chase se apoyó contra el mostrador.

—Hemos venido a recoger la llave de nuestro bungaló.

—Ah, ¿para la boda? —Situó las manos sobre el teclado, listo para ponerse a escribir de inmediato—. Felicidades.

Madison ahogó una carcajada.

—No, no. Quiero decir que no hace falta que nos felicite. No estamos juntos. No nos…

—Lo que intenta decir es que no somos los novios —añadió Chase con calma, esbozando una sonrisita de suficiencia. Dios nos libre de que alguien pudiera pensar eso. Uf—. Formamos parte de la comitiva nupcial.

Mientras Chase le decía al recepcionista cómo se llamaban, Madison se dio una bofetada mental por balbucear como una adolescente inepta, pero estar tan cerca de él la distraía una barbaridad. La presencia de Chase y su intenso aroma (en parte a colonia y, por otro lado, a hombre) hacían que los sentidos de Madison se volvieran locos.

Él tenía la costumbre de situarse muy cerca. Ahora, por ejemplo, apenas había un par de centímetros entre sus cuerpos. Madison podía percibir el calor natural que brotaba de él y, si cerraba los ojos, estaba segura de que podría recordar lo que sintió cuando la rodeó con el brazo, sosteniéndola contra su duro pecho, mientras deslizaba la mano bajo el dobladillo del vestido que se había puesto solo para él y la iba desplazando hacia arriba…

Hizo a un lado ese recuerdo. Se negó a revivir aquel momento.

—Lo siento —dijo el recepcionista haciendo que Madison volviera a centrarse en lo importante—. Me temo que ha habido una desafortunada confusión.

De repente, recordó el mensaje de su padre.

—¿Qué ha pasado? —preguntó Madison.

El recepcionista se sonrojó.

—Tenemos alojada otra comitiva nupcial para una boda que termina el viernes y, bueno, para decirlo sin rodeos, uno de los empleados a tiempo parcial aceptó demasiadas reservas para los bungalós, por lo que las dos últimas fueron rechazadas.

Y, por supuesto, las dos últimas reservas habrían sido las de Chase y Madison, porque algo que tenían en común era que siempre hacían las cosas en el último momento.

Chase se inclinó hacia delante mucho más, con el ceño fruncido.

—Bueno, tiene que haber alguna forma de arreglarlo.

El recepcionista tragó saliva con claridad mientras le echaba un vistazo al ordenador.

—Tenía la impresión de que una tal señora Daniels ya se había encargado del asunto.

Madison tuvo un horrible presentimiento.

—Cuando llegó, le explicamos el problema. Solo tenemos un bungaló disponible: la antigua *suite* nupcial que estamos a punto de reformar.

—¿*Suite* nupcial? — repitió Chase despacio, como si aquellas dos palabras no tuvieran sentido.

A Madison se le formó un nudo en el estómago.

Era evidente que el recepcionista se sentía incómodo.

—Dos personas pueden alojarse allí sin problema. La señora Daniels dijo que no habría ningún problema.

«Voy a matar a mi madre».

—Lo siento. —Chase se enderezó y, con su más de metro ochenta de altura, había que levantar mucho la vista

43

para mirarlo a la cara—. No podemos compartir bungaló —sentenció con voz firme.

Vaya. A Madison tampoco le apetecía compartir habitación con él; pero, caray, quedarse con ella no era la peor opción posible.

—El dinero no es problema —añadió Chase mientras los ojos se le oscurecían hasta adquirir un tono azul marino: señal inequívoca de que estaba a punto de cabrearse—. Puedo pagar el doble o el triple por dos habitaciones.

Vale, eso ya era insultante. Madison lo fulminó con la mirada y dijo:

—Estoy de acuerdo. De ninguna forma puedo quedarme con él.

Chase la miró con el ceño fruncido.

El empleado negó con la cabeza.

—Lo siento, pero no hay más habitaciones disponibles. Es el antiguo bungaló nupcial… o nada.

Los dos se quedaron mirando al recepcionista. Madison tuvo el presentimiento de que Chase estaba a punto de agarrar a aquel hombre, ponerlo boca abajo y zarandearlo hasta que cayeran llaves de habitaciones. Estaba dispuesta a apoyar el plan.

—Debería haber habitaciones disponibles el viernes por la mañana, y nos aseguraremos de que ambos sean los primeros de la lista; pero, por desgracia, no puedo hacer nada más.

Madison se pasó una mano por el pelo, atónita. ¿Compartir habitación con Chase? Imposible. Entre quedarse embobada mirándolo al tenerlo tan cerca y las ganas de darle un porrazo en la cabeza cada vez que abriera la boca, se iba a volver loca.

Se suponía que los días previos a la boda debían ser divertidos y relajantes. No poner a prueba su cordura. Y Madison estaba segura de que su madre (la chalada de su madre que se creía una casamentera) había tenido algo que ver en todo esto. «Voy a encerrarla en un refugio antiaéreo».

Madison miró de reojo a Chase, que seguía en silencio. Un músculo le palpitaba en la mandíbula como si estuviera rechinando tanto las muelas que se le fueran a desgastar. Esta situación era horrible para ella, pero ¿para él? Dios mío, estaba segura de que él estaría dispuesto a hacer una oferta por la habitación del recepcionista. Sin duda, esto supondría un gran obstáculo en sus planes para seducir mujeres.

—Tiene que ser una broma. —Chase se dio la vuelta, con las manos apoyadas en sus caderas estrechas. Soltó una palabrota entre dientes—. De acuerdo, deme las malditas llaves.

Madison se sonrojó.

—Oye, puedo…

—¿Qué vas a hacer? ¿Alojarte con tu madre, que está de segunda luna de miel con tu padre? ¿O tal vez preferirías quedarte con una de las otras parejas y estropearles el fin de semana romántico? —El recepcionista le depositó en la mano abierta un papel unido a dos llaves—. ¿Vas a dormir en tu coche acaso? No tenemos elección. —Posó los ojos en los de ella, que estaban abiertos como platos—. Vamos a tener que soportarnos el uno al otro hasta el viernes.

Capítulo tres

—Madre mía, no vais a llegar vivos a la boda —comentó Mitch mientras se reclinaba en la silla, con un brillo de diversión en los ojos—. Es imposible.

Madison suspiró.

—¿Por qué? —preguntó su madre desde un extremo de la mesa—. Les irá bien.

—Acabarán matándose —contestó Mitch con una carcajada y luego se puso serio—. Puede que se maten de verdad.

Madison clavó la mirada en el techo de cristal, esforzándose por no perder la paciencia.

—No nos vamos a matar.

—Yo no prometería tal cosa —masculló Chase.

Eran las primeras palabras que pronunciaba desde que se habían marchado de la recepción.

Dios mío, Madison estaba a punto de brincar sobre la espalda como un mono y estrangularlo. Pero, entonces, Chase empezó a alejarse con paso decidido.

—Este tren sale ya hacia el bungaló, si quieres subir —dijo, mirándola por encima del hombro.

—¿Quién no habrá subido a ese tren? —masculló ella, siguiéndolo.

Chase se detuvo en seco.

—¿Qué has dicho?

—He dicho —respondió dedicándole una sonrisita insolente—: ¿quién no ha habrá subido a ese tren?

Él le dirigió una mirada penetrante.

—Se me ocurren unas cuantas personas.

Vaya. Otra vez con esas. Madison se negó a sonrojarse de nuevo.

—Y apuesto a que podrías contarlas con los dedos de una mano.

—Puede —murmuró él y echó a andar de nuevo.

El trayecto hasta el bungaló (que estaba situado en el límite de la propiedad, cerca de los densos nogales que crecían en la base de la Cordillera Azul) fue incómodo y transcurrió en silencio.

Madison se arrepintió al instante de haber hecho aquel chascarrillo sobre la vida sexual de Chase. Decir cosas así tan solo reafirmaba la errónea creencia que este tenía de ser igual que su padre. Eso era lo que Madison nunca había entendido de él. Aunque estaba convencida de que acabar pareciéndose a su padre infiel era la peor pesadilla de Chase, él parecía empeñado en seguir ese camino con una chica distinta cada semana, pensó mientras bordeaba un rosal espinoso que se extendía hacia el sendero.

Se había comportado así desde el instituto. Puede que no fuera tan promiscuo como Chad, pero Chase ejemplificaba el estilo de vida de un *playboy*.

Y a Madison siempre le había dolido que él fuera de cama en cama sin descanso, porque estaba dispuesto a liarse con cualquiera… menos con ella.

Fuera del bungaló, Chase sostuvo la llave como si fuera una serpiente a punto de clavarle los colmillos en la mano.

No había dicho ni una palabra por el camino. Era evidente que estaba cabreado. ¿A qué soltero fogoso que acudiera a una boda le gustaba tener que compartir alojamiento con la hermana pequeña de su mejor amigo? Y, para colmo, en un antiguo bungaló nupcial.

Madison no se lo podía creer. Cuando se trataba de él, todo le salía mal.

Al comprobar el móvil, tuvo ganas de lanzarlo lejos. No había cobertura.

Por fin, Chase abrió la puerta y, tras buscar el interruptor a tientas por la pared, encendió la luz. Madison se quedó atónita y se tapó la boca con una mano.

Esto era una broma. No había otra explicación.

—Esto tiene que ser cosa de tu hermano.

Chase sacudió la cabeza despacio.

—Si ha sido él, lo voy a matar.

No era de extrañar que el recepcionista les hubiera dicho que tenían pensado renovar el bungaló. Era evidente que alguien lo había limpiado a toda prisa. Todavía se percibía un ligero olor a desinfectante y flores secas aromáticas en el espacioso alojamiento, pero las alfombras… y la cama…

Varias alfombras cubrían el suelo de madera. Eran de todos los colores del arcoíris, aunque una era una piel de oso. Una piel de oso de verdad. Las paredes estaban pintadas de morado y rojo brillante y la cama… La cama estaba cubierta con una colcha de terciopelo rojo y tenía forma de corazón.

Chase entró en el bungaló y dejó caer las llaves sobre una cómoda blanca que a Madison le pareció que encajaría en la casa de su abuela. Chase volvió la mirada por encima del hombro, con una ceja arqueada.

Ella soltó una carcajada. No pudo evitarlo.

—Parece un picadero de los años setenta.

—Creo que he visto este sitio en vídeos porno de la vieja escuela —contestó él mientras se le dibujaba una lenta sonrisa en los labios.

Madison soltó una risita mientras entraba detrás de él. Al echarle un rápido vistazo al cuarto de baño descubrieron una bañera del tamaño de una piscina, perfecta para que los recién casados retozaran.

Mientras observaba la bañera por encima del hombro de Madison, Chase sacudió la cabeza y comentó:

—En esa cosa podrían caber cinco personas.

—La situación podría resultar un tanto incómoda.

—Cierto, pero sin duda es lo bastante grande para dos.

—No sé yo —contestó Madison mientras pasaba junto a él, alejándose del baño. Frente a la cama había una puerta que daba a una terraza y un *jacuzzi*—. Nunca he entendido todo eso del sexo en la bañera.

—Eso es porque lo has estado haciendo mal.

Madison notó el cálido aliento de Chase en la mejilla. Dios mío, seguro que él sabía bien de lo que hablaba.

Se giró con brusquedad, sorprendida por el hecho de que se hubiera acercado a ella con tanto sigilo, y tragó saliva. Le vinieron a la mente imágenes de Chase mojado, desnudo y abrazándola en aquella bañera que provocaron que una oleada de lava fundida le recorriera las venas hasta llegar a sus entrañas.

Le flaquearon las rodillas.

—No lo hago mal.

—Claro que no —contestó él, arrastrando las palabras—. Solo has probado con la pareja equivocada.

Madison no era una mojigata y, tan solo porque para ella ningún hombre estuviera a la altura de Chase, no significaba que no hubiera salido con otros. Y, después de todo, tal vez él tuviera razón y hubiera probado con las parejas equivocadas, porque le parecía imposible no disfrutar metiéndose en una bañera con él, pero ni de coña pensaba admitirlo delante de Chase.

Lo que significaba que era hora de cambiar de tema rápido. Sin embargo, cuando levantó la vista y descubrió que él seguía mirándola con los ojos entornados, se le cortó la respiración.

Estar tan cerca de él, a escasos centímetros de una cama que le habría encantado a Austin Powers, era demasiado. Revivió aquella noche en el club en medio de un torrente de emociones imprecisas y una maraña de esperanzas que nunca llegaron a cristalizar.

—No… tiene nada que ver con mis parejas —contestó cuando al fin fue capaz de hablar.

Chase ladeó la cabeza, entrecerrando sus intensos ojos azules.

—¿Parejas en plural?

Madison puso los ojos en blanco, fingiendo indiferencia, mientras el corazón le latía a toda velocidad.

—Tengo veinticinco años, no dieciséis.

—No hace falta que me recuerdes tu edad —gruñó él.

—Entonces, ¿por qué parece asombrarte tanto que haya tenido relaciones sexuales?

Chase dio un paso adelante y ella retrocedió otro.

—¿Con más de una persona?

Seguro que eso no era ninguna novedad.

—¿Con cuántas personas te has acostado tú? ¿Quinientas? —contraatacó Madison—. Joder, ¿con cuántas en un mes?

Una advertencia clara se reflejó en aquellos ojos parecidos a zafiros.

—No estamos hablando de mí.

—Ni tampoco de mí. —Tras retroceder otro paso, su espalda chocó contra la pared. No tenía a donde ir—. Así que, dejémoslo...

—¿Dejar qué?

Chase se inclinó hacia ella, que notó su aliento seductor y cálido contra la mejilla, y apoyó sus grandes manos contra la pared, a ambos lados de la cabeza de Madison.

Ella posó la mirada en sus labios. Ya no tenía ni la más remota idea de sobre qué estaban hablando. Algo sobre sexo... y, Dios mío, hablar de sexo con Chase no era buena idea. Porque ahora le apetecía sexo. Con Chase. Quería sentirlo dentro de ella, solo a él, siempre a él.

Lo deseaba muchísimo.

Un fuego líquido se propagó por sus venas, devorándola. El deseo despertó con tal rapidez, recorriéndole las extremidades y afectándola con intensidad, que sus sentidos se sobrecargaron. Una pequeña parte de su cerebro que todavía funcionaba empezó a lanzar advertencias a diestro y siniestro. Era una locura plantearse siquiera la idea de que pasara algo entre Chase y ella. Sin embargo, cuando alzó la vista y sus ojos se encontraron con los de él, se le paró el corazón.

—Dime —le ordenó Chase en voz baja y con tono serio—. ¿A cuántos chicos les has permitido que te toquen?

A una parte de su ser le irritó esa pregunta; pero a la

otra, que era bastante estúpida, le encantó que a él le importara.

—Nunca he estado con ningún «chico», Chase.

La ira y algo mucho más potente destellaron en sus ojos azules.

—Vaya, conque esas tenemos.

—Sea como sea, no te incumbe.

Él soltó una risita ronca. Aquel movimiento hizo que sus labios se acercaran más a la mejilla de Madison.

—Sí me incumbe.

—Explícame qué te ha llevado a esa conclusión incorrecta.

Chase sonrió.

—Eres la hermana pequeña de mi mejor amigo. Así que me incumbe… me incumbe mucho.

Y eso era lo último que Madison quería oír. La invadió otro tipo de fuego.

—Apártate.

Empezó a alejarse de la pared, pero Chase se inclinó hacia delante y su pecho se pegó al de ella. El cuerpo de Madison se volvió loco. Ira, deseo, esperanza, amor, miedo… Todas sus emociones formaron una maraña.

—Chase…

Aunque él no dijo nada, en lo único en lo que Madison podía concentrarse ahora era en la sensación de su torso, duro como una roca, apretado contra sus pechos. El fino algodón de la ropa de ambos no era rival para el calor que emanaba de él ni para el que se acumulaba dentro de ella. Madison notó que los pezones se le endurecían formando dolorosas y lascivas perlas y realizó una inspiración entrecortada, reprimiendo un gemido.

Él entreabrió los labios.

Madison no fue capaz de ocultarle su reacción a un hombre como Chase, que había probado mujeres de todo tipo. Y a ella le gustaría ser su sabor favorito. Notó una tensión en las entrañas.

Empezó a jadear, aunque él ni siquiera la había tocado de verdad. Intentó hacer caso omiso de sus hormonas descontroladas, hasta se puso a pensar en el metro de D.C.; pero, aun así, su cuerpo se estaba volviendo en su contra.

A Chase se le aceleró la respiración y luego la miró con el ceño fruncido, incluso mientras presionaba su frente contra la de ella. Madison cerró los ojos y se quedó muy quieta, sin apenas atreverse a respirar, mientras notaba cómo el aliento de Chase se deslizaba por su frente, le bajaba por la sien y le recorría la mejilla.

Sus labios se detuvieron sobre los de ella, apenas a unos centímetros de distancia.

—No —gruñó Chase.

Ella no supo a quién se lo decía; pero, entonces, Chase le aplastó la boca con la suya y el mundo de Madison se redujo a él: la sensación y la presión de sus labios, obligando a los de ella a responder. No fue un beso suave ni una exploración dulce. Fue algo furioso y descarnado, asombroso y abrasador. Ahora mismo, Madison no quería suavidad. Lo quería duro y rápido, él y ella, en el suelo, incluso sobre la piel de oso, ambos desnudos y sudorosos.

La húmeda y ardiente lengua de Chase se movió con exigencia dentro de la boca de Madison, batallando con la de ella, hasta que él se hizo con el control y le pasó la punta de la lengua por el paladar. Había una dulzura posesiva en su forma de besarla, como si la estuviera reclamando para sí al mismo tiempo que borraba los recuerdos de cualquier otro de su mente. Y lo consiguió. En un instante, solo quedó él.

Chase apartó una mano de la pared, la apoyó contra la mejilla de Madison y luego la deslizó por el arco de su cuello. La retuvo así, con mucha suavidad y de una forma que no concordaba con la ferocidad con la que la besaba. Esto era lo que ella siempre había querido hacer con Chase, siempre había soñado que sería así, e incluso lo había experimentado una vez durante un breve y maravilloso momento. Gimió, fundiéndose contra él. Notó un dolor entre los muslos y anheló sentirlo dentro de ella…

Entonces, él se apartó con rudeza. Madison abrió los ojos de golpe, con la respiración entrecortada. Chase la estaba mirando… como si ella hubiera hecho algo horrible. Pero… había sido él quien la había besado.

Chase negó con la cabeza mientras retrocedía caminando de espaldas, con los puños apretados a los costados.

—Eso… Eso no ha pasado.

Madison parpadeó al notar una punzada de dolor en el pecho.

—Pero… sí ha pasado —contestó.

Cuando el atractivo rostro de Chase adoptó una imperturbable expresión de indiferencia, Madison se sintió como si le hubieran dado un puñetazo en el vientre.

—No. No —repitió él—. No ha pasado.

Y, sin mediar más palabra, dio media vuelta y salió del bungaló hecho una furia, cerrando de un portazo.

Madison parpadeó despacio. Oh, por el amor de Dios, no se podía creer que Chase se hubiera largado de forma tan teatral. Iba a encontrarlo y luego a castrarlo.

Hizo una mueca.

Vale, tal vez no llegara a tanto, pero ni por asomo pensaba permitir que la besara así y luego saliera huyendo.

* * *

Madison iba camino de cogerse una buena borrachera.

No estaba tan ebria como para caerse de bruces o empezar a desnudarse (aunque, sin tantos parientes alrededor, eso podría haber sido divertido); pero, sin duda, tanto vino acabaría provocándole dolor de cabeza en un futuro próximo.

Estaba sentada en un banco en la amplia terraza situada fuera del edificio principal del hotel. Inhaló el aroma a aire montañoso y uvas. Los miembros de su familia y de la de Lissa charlaban a su alrededor. En circunstancias normales, el murmullo de las conversaciones le habría resultado relajante, ya que le encantaban todo tipo de ruidos de fondo; pero, ahora mismo, le habría gustado deslizarse entre los estrechos huecos de la barandilla de madera que rodeaba la terraza y perderse en la noche. Tomó otro largo sorbo mientras contemplaba el paisaje. Unos farolillos de papel colgaban de postes repartidos por el sendero cubierto de piedrecitas, iluminando el lugar con una luz tenue.

Bajó la mirada hasta su tercera copa de vino y reprimió una risita. Tenía muy poco aguante para la bebida, pero el embriagador hormigueo que le recorría las venas la ayudó a aliviar la mezcla de vergüenza y deseo insatisfecho que le ardía en el vientre. Se trataba de una sensación demasiado conocida después de otro encontronazo bastante estúpido con Chase.

Él la había besado.

Y luego había machacado sus esperanzas al exigirle que lo olvidara. Madison ya había pasado por eso, y su corazón maltrecho era la prueba.

¿Por qué la había besado si era tan evidente que esa idea le repelía? A saber. ¿Tal vez hallara la respuesta en las profundidades de su oscuro vino violáceo?

Al oír la estrepitosa risa de su padre se le dibujó una leve sonrisa en la cara y se giró en el banco. Lo vio con Mitch y dos de los tres hermanos Gamble. Chase estaba escondido en otro sitio, seguro que para evitarla.

Después de besarla (y sintió la necesidad de recordarse a sí misma que había sido él quien la había besado), no lo había vuelto a ver. Mientras Chase depositaba el equipaje de ambos en el bungaló más hortera del mundo, ella se había comportado como la niña que parecía ser para él y se había escondido en el cuarto de baño. No había sido una reacción de la que se sintiera orgullosa.

Madison no conseguía encontrarle sentido a todo aquello, y no le parecía justo. No le apetecía nada tener que lidiar con esto durante la boda de su hermano. Era el momento de celebrar y reír, no de añadir otra humillación a la lista.

Pero, por supuesto, aquí se encontraba ahora, agradecida de que estuviera lo bastante oscuro como para ocultar el rubor que todavía no se le había desvanecido. Y, lo que era aún peor, aquel beso le había hecho retroceder en el tiempo hasta la única noche que no quería recordar nunca más, pero que tampoco quería olvidar. Salvo que ahora no pudo evitar que la asaltara una avalancha de recuerdos de aquella noche.

Estaba en su tercer año de universidad y, como de costumbre, había roto con su último novio. Seguía colada del todo por su amor de la adolescencia y estaba muy contenta porque acababa de comprarse un sexi vestidito negro con el dinero que había ahorrado durante meses gracias a su trabajo de investigación a tiempo parcial en la universidad.

La noche de la inauguración del club nocturno de Chase, el Komodo, lo había cambiado todo. Tras tantos años, todavía le parecía que había ocurrido ayer. Las bebidas, la música… Había asistido todo el mundo: Mitch, Lissa, los hermanos de Chase, los amigos de Madison… Había sido una gran noche, una noche para celebrar. La velada había sido un éxito rotundo y Madison se había sentido muy orgullosa. Mucha gente había pensado que Chase no lo lograría, pero ella no lo había dudado ni un instante.

Después de la hora de cierre, cuando el hermano y la mayoría de los amigos de Madison ya se habían ido a casa, ella encontró a Chase en su despacho de la tercera planta, contemplando el paisaje de la ciudad. La línea recta de su espalda y la perfección con la que el traje le ceñía los anchos hombros la habían dejado sin aliento. Se había quedado allí plantada durante lo que le parecieron horas, aunque puede que apenas fueran unos segundos, antes de que Chase se girara y le sonriera… le sonriera solo a ella.

Madison entró en el despacho, lo felicitó con entusiasmo por el éxito del club y escuchó mientras él le contaba que planeaba abrir dos más: uno en Bethesda y otro en Baltimore. El hecho de que la hiciera partícipe de ello la había hecho sentir especial. Por primera vez, tuvo la sensación de que encajaba a su lado, y eso la entusiasmó.

Los dos habían bebido, pero ninguno estaba como una cuba. Tal vez el alcohol los hubiera desinhibido, pero no se le podía achacar a eso lo que ocurrió a continuación.

Madison se acercó a él solo para darle un abrazo de despedida; sin embargo, cuando los brazos de Chase le devolvieron el gesto y ella echó la cabeza hacia atrás, pasó algo asombroso y demencial.

Chase la besó. Lo hizo con suavidad y cuidado y con tanta dulzura que, en un embriagador instante, Madison se convenció de que todos sus sueños se estaban haciendo realidad. Cuando se vino a dar cuenta, Chase se sentó en uno de los sofás de cuero flexible del despacho, la situó sobre su regazo y los besos… Ay, Dios, entonces los besos se volvieron descaradamente carnales y posesivos, llenos de promesas eróticas. Los rápidos y hábiles dedos de Chase le bajaron la cremallera del vestido y la desnudaron ante su ardiente mirada. Sus manos la tocaron por todas partes, le rozaron los pechos y se deslizaron bajo la falda del vestido para descubrir por primera vez una de las rarezas de Madison: detestaba llevar bragas. En ese instante, Chase perdió el control. La tumbó de espaldas, localizó con los dedos los lugares más ocultos de su cuerpo y los hundió allí mientras imitaba esos mismos movimientos con el cuerpo y la lengua.

Cuando Madison gritó su nombre, él se quedó inmóvil, jadeando. Un segundo después, se apartó con brusquedad de ella y se puso a caminar de acá para allá en el otro extremo de la habitación, como un felino salvaje.

Madison no dispuso de mucho tiempo para sentirse confundida. Chase se agobió, la llevó hasta la puerta del despacho y, al día siguiente, la llamó para disculparse por su comportamiento, alegando que estaba borracho, y le prometió que no volvería a ocurrir.

Y nunca había vuelto a pasar… hasta unas horas antes.

Al menos, ahora no podía echarle la culpa al alcohol. Chase no tenía ninguna excusa, pero aquel día le había roto el corazón, lo había reducido a un millón de pedacitos inútiles. Por triste que fuera, Madison todavía no se había recuperado del todo del hecho de que era evidente que él se arrepentía de lo que había pasado. Eso le había hecho daño y le había dejado una herida en el pecho que le dolía cuando menos se lo esperaba.

Era obvio que él no se había sentido tan atraído por ella como a la inversa. Había existido algo entre ellos, cierto, pero era desigual. Ella quería más. Mientas que él solo pretendía probar, lo hizo y decidió que no quería ir más allá, algo que solía ser lo habitual en él. En cuanto a lo de hoy… Tal vez solo estaba aburrido. O tal vez quería comprobar si ella todavía lo deseaba y, cuando lo confirmó, la rechazó igual que aquella noche.

Madison inhaló con brusquedad. Aunque no era mal tío, de eso estaba segura. Tan solo no era el adecuado para ella.

Parpadeó para contener las estúpidas lágrimas que le hicieron arder los ojos. Se había pasado casi todas las noches llorando por Chase en la universidad y, sobre todo, cuando él empezó a salir con todas las mujeres de la ciudad después de aquella noche en el club y la posterior disculpa. Eran tantas que Madison nunca se había tomado la molestia de intentar distinguirlas. No ayudaba que todas se parecieran: muy altas, de piernas largas, rubias y pechugonas.

Todo lo contrario que ella.

Resopló y tomó otro trago de vino. Supuso que se lo tenía merecido. Chase era y siempre sería terreno vedado para ella. Aquel beso había sido una casualidad, una insensatez fugaz.

—¿Madison?

La suave voz de Lissa interrumpió sus pensamientos.

La aludida levantó la vista y sonrió.

—Hola.

—Estás muy callada esta noche. —La futura novia se sentó a su lado. Estaba preciosa con un vestido blanco de tirantes—. ¿Te preocupa tu coche? Mitch me dijo que la grúa lo trajo hace unas horas.

—Ah, no, el coche está bien. Papá me va a conseguir otra rueda mañana. Estoy… asimilándolo todo. —Recorrió a los invitados con la mirada—. Esto es precioso.

—¿A que sí? —Lissa suspiró—. Mitch y yo vinimos hace dos veranos, durante un festival en el que ofrecían paseos en globo. Nos enamoramos de este sitio al verlo desde el aire.

—Es comprensible. —Aunque era más probable que Madison estuviera casada y con un bebé en camino el año que viene por estas fechas que verla meter su culo en un globo—. Debes estar muy emocionada.

—¡Desde luego! —Su sonrisa se volvió todavía más radiante y Madison no pudo evitar devolverle el gesto por encima del borde de la copa de vino. Las sonrisas de Lissa siempre resultaban contagiosas—. Tu hermano es un hombre maravilloso y me siento la mujer más feliz y afortunada del mundo.

—Estoy segura de que él opina lo mismo.

A Lissa se le empañaron los ojos.

—Sí, eso creo. ¿Qué más se puede pedir?

Madison notó que se le formaba de repente un nudo en la garganta, así que lo alivió con el resto del vino.

—Así es.

—Esta noche estás muy guapa —comentó Lissa, mirándola.

—¿De verdad? —Se tiró del vestido azul de gasa y sin mangas que le llegaba por encima de las rodillas. Era de color azul cobalto oscuro, pero no se podía comparar con… Sacudió la cabeza. Se negó a pensar en eso—. Gracias.

Una fuerte carcajada masculina resonó donde se encontraba su padre. Madison se giró y se le cortó la respiración. Chase había llegado.

A continuación, contempló su copa vacía y gimió en voz baja.

Lissa le dio un golpecito con el codo.

—Es un hombre especial, ¿verdad?

—Y que lo digas —masculló ella, enarcando una ceja.

Lissa malinterpretó su comentario como algo positivo.

—Mitch me contó que vosotros tres estabais muy unidos, más que con los otros hermanos Gamble. Me cuesta creer que sigan solteros. Todos tienen mucho éxito y son muy guapos. —Su sonrisa se volvió pícara—. Tu madre comentó que, de adolescente, estabas colada por Chase.

—¿En serio?

Madison empezó a buscar con desesperación al camarero que había visto antes con una bandeja llena de copas de vino.

Lissa asintió con la cabeza.

—En cuanto Chase se enteró de que se te había estropeado el coche, se fue corriendo a rescatarte. —Cuando Lissa soltó una risita, a Madison le dieron ganas de pegarle un puñetazo a algo—. No llevaba aquí ni cinco minutos. Fue muy bonito.

Al igual que antes, Madison se negó a darle demasiada importancia a los motivos de Chase. Entonces, divisó la camisa blanca del camarero. «¡Bingo!».

—¿Te has planteado alguna vez…?

Madison se acaloró y luego sintió frío.

—¿El qué?

—¿Que Chase y tú podríais ser más que amigos? Ya sé que os conocéis de toda la vida, pero algunos de los mejores amores empiezan siendo amistad. Fíjate en Mitch y yo, por ejemplo. Al principio, éramos amigos.

Oh, por el amor de Dios. Madison empezó a agitar el brazo como una loca para llamar al camarero.

—¿Tienes sed? —le preguntó Lissa con una amplia sonrisa.

—Mucha.

En cuanto el camarero se acercó, Madison agarró una copa de la bandeja, mientras le sonreía y le daba las gracias con rapidez, y luego se planteó coger dos por si la conversación se dirigía hacia donde parecía.

A Lissa le brillaron los ojos.

—Y, como os estáis alojando juntos, nunca habrá una ocasión mejor para explorar otras posibilidades que en un lugar tan romántico.

A la mierda. Madison cogió otra copa antes de que el camarero se escabullera. Le iba a hacer falta.

Capítulo cuatro

A Chase le estaba costando prestarle atención a lo que decían sus hermanos y Mitch. Algo sobre la noche de bodas y la ansiedad por rendir bien. ¿Qué rayos sabían sus hermanos sobre la primera noche entre marido y mujer? Tenían tanta experiencia como Mitch.

Su hermano mediano, Chad, había aparecido por fin y, después de que el padre de Mitch se fuera a pasar la velada con su mujer, había empezado a dar consejos.

—¿Te has afeitado las bolas? —preguntó Chad, que sostenía una lata de cerveza mientras todos los demás bebían vino.

—¿Qué? —dijo Mitch riéndose.

—Que si te has afeitado las bolas —repitió Chad con una enorme sonrisa en la cara—. A las mujeres les encanta que estén suaves.

A Chase no le cabía ninguna duda de que su hermano sabía con exactitud lo que les gustaba a las mujeres. Todos en D.C. creían que él era el más mujeriego del clan; pero, en realidad, ese título le correspondía a Chad.

—No me apetece hablar de mis huevos contigo —contestó Mitch—. Ni ahora ni nunca.

—Gracias a Dios —intervino Chase con una sonrisa burlona.

—Si no lo haces, te vas a arrepentir. —A Chad se le dibujó aquella sonrisita de suficiencia tan típica en él—. También deberías conseguir algunos juguetes. Para que…

En ese momento, Chase dejó de prestarle atención a su hermano. No le sorprendería que Chad ya hubiera adornado el bungaló nupcial de Mitch con todo tipo de cosas pervertidas solo por diversión.

Chase se apoyó en la barandilla y observó al grupo que lo rodeaba. La mayoría de los invitados se había marchado ya, incluyendo a los padres de Mitch y Lissa. Sin embargo, los más jóvenes todavía seguían de fiesta. Esta era la clase de gente que acudiría a uno de sus clubes.

Se sentía incómodo. Detestaba pasar varios días lejos, sin poder asegurarse de que todo funcionaba a la perfección. Los encargados de sus clubes eran de fiar y no cabía duda de que estaban capacitados para hacer su labor; no obstante, a pesar de que esta noche no habría mucho movimiento, le estaba costando muchísimo contener el impulso de llamar cada cinco segundos para comprobar cómo iban las cosas.

También le estaba costando muchísimo no pensar en lo que había pasado en aquella espantosa cabaña. Joder. ¿Cómo rayos se le había ocurrido hacer eso? Había besado a Maddie… otra vez. Miró a Mitch y casi pudo sentir cómo le cortaban las pelotas. Y se lo tendría merecido. Teniendo en cuenta su reputación, estaba seguro de que a Mitch no le haría mucha gracia saber que se había propasado con su hermana. Aunque su amigo nunca se había opuesto directamente a la idea (de hecho, había sugerido varias veces que Chase y Maddie deberían salir juntos), era imposible que eso ocurriera. Y, si se tenía en cuenta el historial de Chase con las mujeres y el ADN que compartía con su padre, no era probable que a Mitch siguiera pareciéndole bien si llegaba a pasar. Las sugerencias de su amigo no suponían que diera su visto bueno.

Chase se cruzó de brazos y recorrió con la mirada la multitud de rostros que reían y bebían a su alrededor.

La localizó junto a los bancos. A juzgar por la cantidad de copas de vino vacías que había a su alrededor, ya debía ir por la cuarta y, si seguía siendo la misma que él recordaba, iba a ser una noche muy larga, aunque interesante.

Maddie.

La pequeña Maddie…

Cuando la besó horas antes… Dios mío, nunca se había encontrado con una mujer que respondiera tan bien. La forma en la que se arqueó hacia él… Aquel entrecortado sonido femenino que brotó de ella casi lo desarma, y eso le hizo recobrar la cordura. Pero Maddie estaba tan sexi…

Era demasiado sexi.

Chase separó un poco más las piernas mientras contenía un gruñido. Lo que había ocurrido esta tarde, al igual que lo que había sucedido aquella noche en su club, había sido un error. Un error muy placentero, pero no podía volver a pasar. Se trataba de la hermana de su mejor amigo…

La misma que ahora estaba de pie en un banco, sujetando una copa de vino medio vacía con sus elegantes dedos, mientras balanceaba las caderas al ritmo de la suave música que salía del interior del hotel.

Por el amor de Dios…

Uno de los compañeros de trabajo de Mitch se encontraba debajo de ella y sonreía de oreja a oreja como si le hubiera tocado la puta lotería o algo así. O más bien, cuando Maddie levantó los brazos y movió el cuerpo de forma sensual al ritmo de la música, el tipo parecía estar pensando que era muy probable que esta noche pudiera echar un polvo.

Sin pararse a pensarlo, Chase se apartó de la barandilla y dio un paso hacia ellos. Unos segundos antes de acercarse a Maddie y hacerla bajar de ese puñetero banco, se obligó a detenerse. ¿Qué rayos estaba haciendo? Lo que ella hiciera no era de su incumbencia.

Pero, maldita sea, una parte de su ser quería que sí lo fuera.

Volvió a apoyarse en la barandilla y apretó tanto la mandíbula que le dolieron los dientes. ¿Cómo se llamaba aquel cretino que estaba hablando con ella e intentaba convencerla para que se bajara del banco? ¿Robby? ¿Bobby? ¿Algún nombre de gilipollas por el estilo?

Se llamara como se llamase, el tipo levantó las manos, las colocó en las caderas de Maddie y la levantó en el aire para luego depositarla en el suelo. Cuando la suave risa de Maddie se extendió por la terraza, a Chase se le tensaron todos los músculos del cuerpo.

—¿Qué bicho te ha picado, hermano? —le preguntó Chandler.

Chase lo ignoró, pues no era capaz de apartar la vista de la escena que se estaba desarrollando ante él.

Su hermano mayor siguió su mirada y soltó una risita.

—¿Qué se trae la pequeña Maddie entre manos?

—Nada más que problemas —masculló Chase.

Chandler se rio.

—Solo se está divirtiendo. No tiene nada de malo que baile con un tío.

Él no estaba nada de acuerdo.

—Ya no es una niña —añadió Chandler, como si Chase necesitara ayuda para darse cuenta de eso.

Lo invadió la ira.

—Ni siquiera conoce a ese tío.

—¿Y qué? —Entonces, Chandler pareció comprender lo que pasaba—. Joder, tienes que estar de coña.

Chase giró con dureza la cabeza hacia él. Cualquier otro hombre se habría acobardado ante la peligrosa expresión de su rostro, pero no su hermano. A Chandler no le asustaba nada.

—¿Qué pasa?

—No te molestes en disimular. —Chandler sacudió la cabeza y luego soltó una carcajada—. Estás loco por Maddie.

—No tienes ni idea de lo que dices —contestó Chase con el ceño fruncido.

—Y una mierda. —Su hermano apoyó la cadera contra la barandilla y echó un vistazo por encima del hombro—. Es probable que Mitch te haga picadillo.

«Como si no lo supiera ya, pero gracias por comentarlo». La mirada de Chase se dirigió de nuevo hacia Maddie. Todavía había algo de espacio entre aquel cretino y ella, pero Maddie le estaba sonriendo a ese tío. Se trataba de una sonrisa inocente y muy muy sexi a la vez que hizo que a Chase se le tensaran las entrañas.

Chandler lo agarró del hombro.

—Pero creo que, después de molerte a palos, Mitch, sin lugar a dudas, te dará las gracias.

«Lo dudo».

—¿Por qué?

Su hermano se quedó mirándolo como si Chase fuera idiota.

—Maddie podría terminar con alguien peor.

—Vaya. Gracias —respondió con una sonrisa irónica.

—Ya me entiendes. En cuanto asimile la idea de que estéis juntos, estará encantado. Mitch te conoce y confía en ti.

Sí, y esa era la putada. Mitch confiaba en él, así que hacer cualquier cosa con Maddie sería como escupirle en la cara a su amigo, porque a Chase no le cabía ninguna duda de que todo acabaría mal.

—Bueno, pues eso no va a pasar —sentenció por fin.

Chandler se quedó callado un buen rato mientras contemplaba las cimbreantes parras.

—¿Quieres explicarme por qué?

—¿Es necesario?

Hubo otra pausa y luego Chandler dijo:

—Es que no lo entiendo. Maddie siempre ha estado enamorada de ti… No me mires así, todo el mundo lo sabe.

—Su hermano mostró una amplia sonrisa, algo poco habitual en él—. Haríais buena pareja. Ella sería perfecta para ti.

No se permitió pensarlo siquiera.

—Y eres lo bastante bueno para ella —añadió su hermano en voz baja.

Chase se pasó una mano por el pelo.

—¿Por qué estamos teniendo esta conversación? En cualquier caso, su hermano debería llevarla de vuelta al bungaló antes de que se meta en líos con ese capullo.

Chandler soltó una risita.

—Me parece que Mitch piensa llevarse a su prometida detrás de los arbustos.

Su amigo hizo eso mismo, aunque era comprensible. Chase exhaló un largo suspiro y se planteó volver al bungaló… o dormir en el coche. Se estaba haciendo tarde y no le apetecía quedarse ahí plantado mirándola.

La risa de Maddie sonó como carrillones cuando aquel tío la alzó en el aire mientras la copa de vino quedaba en el olvido. Vio cómo le rodeaba la cintura con los brazos y la iba acercando a él.

Y eso fue la gota que colmó el vaso.

Chase dejó de pensar. Se apartó de la barandilla y apenas oyó el comentario burlón que hizo Chandler a su espalda mientras cruzaba la terraza con paso amenazante. Se situó detrás de aquel tío, haciendo caso omiso de la risa lejana de su hermano.

Durante un momento, las dos personas que tenía delante no parecieron darse cuenta de su presencia; pero, entonces, la mirada vidriosa de Maddie se dirigió más allá del hombro del tío. Aquel cretino se puso tenso y luego se giró. El muy idiota se quedó sin habla con solo mirar a Chase a la cara. Bien.

—Maddie —dijo con voz demasiado tranquila—. Ya es hora de volver.

—¿Por qué? —preguntó ella, mirándolo. Un atractivo sonrojo le cubría las mejillas.

La expresión de Chase debería haberle dejado claro que no hacía falta explicar el motivo, pero era evidente que Maddie no veía las cosas con claridad en este momento.

—Me parece que ya es hora de dar por terminada la velada.

Maddie hizo un mohín y luego se giró para buscar su copa.

—Todavía es temprano. Y no me apetece volver ya. Bobby, ¿sabes dónde he puesto mi copa? Estoy segura de que está por aquí…

La negativa de Maggie debió envalentonar a aquel imbécil, porque se plantó delante de ellos y dijo:

—Me aseguraré de que regrese a su bungaló sana y salva esta noche.

—Ya, ni de coña.

El imbécil de Bobby se mantuvo firme mientras Maddie escudriñaba las sombras en busca de su copa perdida.

—Se está divirtiendo.

—Ella no es asunto tuyo —le espetó Chase.

A continuación, pasó a su lado y lo dejó allí plantado tras frustrar sus planes para esa noche. Mientras él estuviera vivo, de ninguna manera iba a permitir que un tipo como ese la convirtiera en un ligue de una noche.

Chase rodeó con suavidad el brazo de Maddie con los dedos y la alejó de una botella de vino que había dentro de una cubitera con hielo.

—Venga, regresemos a nuestro bungaló.

Le lanzó una mirada penetrante a Bobby y notó una sensación de satisfacción en el vientre cuando este asimiló sus palabras. Bobby alzó sorprendido las cejas y levantó las manos en señal de rendición mientras retrocedía.

«Sí, has perdido, gilipollas».

Maddie empezó a protestar, pero luego se inclinó hacia la izquierda y se llevó la mano a la boca al mismo tiempo que soltaba una risita.

—Puede que esté un poco achispada. No demasiado, pero tal vez haya bebido más de la cuenta.

Chase arqueó una ceja.

Maddie soltó otra risita mientras lo observaba a través de sus densas pestañas.

—¿A qué viene esa cara avinagrada? Solo estaba bailando y...

—¿Y qué? —gruñó Chase por lo bajo.

Ella arrugó la nariz.

—Pues estaba... eh... no sé.

Chase puso los ojos en blanco.

—Venga, vamos a meterte en la cama.

—Oh, ¿te has oído? Ordenándome que me meta en la cama. Qué vergüenza. —Se liberó con una risita—. ¿Qué pensaría la gente? Correrían rumores, Chase.

—Maddie...

Cuando ella echó a andar tambaleándose, Chase suspiró y la siguió. Para su sorpresa, vio que se dirigía a la escalera que conducía al sendero y lejos del vino, lo cual era algo positivo, supuso.

Al pasar junto a Chandler, le lanzó una mirada feroz a su hermano antes de que este pudiera hacer algún comentario insolente. Y era evidente que tenía uno en la punta de la lengua. A su hermano mayor no le iban las relaciones de ningún tipo. Salía con mujeres, claro, pero el infierno se helaría antes de que sentara la cabeza.

—Buenas noches —dijo Chandler, riéndose.

Chase le enseñó el dedo.

Maddie consiguió bajar un escalón antes de que él la alcanzara a toda prisa y le rodeara la estrecha cintura con el brazo. Cuando se apoyó contra él, la ayudó a bajar la escalera sin que se cayera y se rompiera el cuello.

Conseguir llevarla de vuelta al bungaló puso a prueba

la paciencia de Chase y, a su pesar, también le resultó una experiencia divertida. Maddie se apartó de él varias veces y empezó a vagar hacia Dios sabía dónde. Chase dudaba que ella misma lo supiera. A mitad de camino, se quitó los zapatos de tacón. Cerca del bungaló contiguo al de ellos, se sentó en medio del sendero iluminado por el pálido resplandor de la luna.

—¿Qué haces? —le preguntó.

—Descansar un poco.

Chase se situó detrás de ella, sacudiendo la cabeza.

—No llevas caminando mucho rato.

—Pues a mí me ha parecido una eternidad. —Apoyó la espalda contra las rodillas de Chase y sonrió de oreja a oreja—. Soy una de esas chicas borrachas. Ya sabes, de esas que se sientan en medio de la calle. Dios mío... ¡es como si estuviera otra vez en la universidad!

—¿Solías sentarte a menudo en medio de la calle cuando estabas en la universidad? —le preguntó con el ceño fruncido.

—Más veces de las que recuerdo —contestó ella con una risita.

—No me acuerdo de eso.

Maddie levantó una mano para señalarlo, pero apuntó mal y acabó dándose en la cara.

Chase hizo una mueca y le agarró la delicada mano para apartársela de la cara.

—Cuidado.

Ella no pareció darse cuenta de que había estado a punto de arrancarse los dientes de un golpe.

—No estabas siempre presente, ¿sabes?

Chase reprimió una sonrisa mientras se agachaba, le

pasaba las manos por debajo de los brazos y la ayudaba a volver a ponerse de pie.

—¿Voy a tener que llevarte en brazos? Así completaría el magnífico papel de caballero de brillante armadura que he interpretado hoy contigo.

—No eres un caballero. —Maddie avanzó a trompicones, luego dio media vuelta y le dio una palmada en el pecho con tanta fuerza que Chase soltó un gruñido—. Bueno, en cierto sentido sí lo eres. Tienes buen corazón, Chase Gamble.

Vaya. Estaba mucho más que achispada.

—Vale. Creo que voy a tener que llevarte en brazos.

Ella resopló.

—Puedo caminar, muchas gracias. Solo estaba cansada.

—Creía que no estabas cansada.

—No lo estoy —protestó.

Chase se quedó mirándola.

—Eres un pesado. —Echó a andar tambaleándose, luego se detuvo e inclinó la cabeza hacia atrás estirando el largo y elegante cuello. Cuando llevaba el pelo suelto, le llegaba hasta las caderas al hacer eso—. Qué grande está la luna.

Chase notó que algo grande le estaba creciendo dentro de los pantalones. Y no le cupo ninguna duda de que eso lo convertía en un cabrón de la peor calaña. Pero no pudo evitarlo. Seguía siendo un hombre y, estuviera vedada o no, Maddie era… simplemente Maddie.

Ella le echó un vistazo por encima del hombro y sonrió.

—Me alegro mucho por mi hermano —divagó—. Van a tener hijos y seré tía. Podré llevarlos al Smithsonian y enseñarles historia y… y muchas cosas.

—Vas a convertir a esos niños que todavía no existen en empollones.

Cuando Maddie levantó el dedo y lo situó a un par de centímetros de su cara, Chase sintió el impulso de lamerlo.

—Los empollones molan. Tú, no.

Chase se rio mientras la cogía de la mano y tiraba de ella con suavidad para hacerla avanzar por el sendero.

—¿Qué clase de cosas les enseñarás?

—Ah, ya sabes, cosas… como la guerra de Secesión y lo importante que es cuidar nuestros campos de batalla y preservar la historia… Y conseguiré que sean voluntarios.

—¿Ah, sí?

Ya casi habían llegado a la puerta. Unos pocos pasos más.

Maddie liberó la mano y lo empujó con suavidad.

—Pues sí. Se me da muy bien mi trabajo.

—No me cabe duda.

Y era cierto. Cayó en la cuenta de que nunca le había dicho a Maddie que estaba orgulloso de todo lo que había logrado o de que en la universidad siempre formara parte del cuadro de honor.

Quizá debería haberlo hecho.

Esa idea lo dejó confundido mientras la seguía hasta la puerta. Una vez dentro, Maddie se dirigió al borde de la cama y se dejó caer para quedarse sentada.

Chase encendió una lamparita con pantalla fucsia que había en un rincón y luego apagó el interruptor de la pared. Pensó que sería mejor tener menos luz.

—Bueno, ¿cómo vamos a hacer esto? —Maddie le echó un vistazo a la cama y luego a él—. ¿Vamos a compartir la cama?

Chase experimentó una dolorosa erección ante la simple idea de tumbarse en la cama a su lado.

—Dormiré en el sofá.

Ella clavó la mirada en él, pero no dijo nada. Chase sintió la necesidad de distanciarse, así que se acercó a su maleta y sacó unos pantalones cómodos de tela ligera y una camiseta.

—Me cambiaré en el baño.

—¿Por qué?

¿En serio iba a tener que explicárselo? A juzgar por cómo lo miraba con los ojos abiertos de par en par, supuso que sí.

—Cámbiate mientras estoy ahí dentro, Maddie.

Ella apretó los labios.

—Puede que haya bebido una... o cuatro... copas de vino de más, pero no estoy borracha ni soy idiota.

Chase no estaba muy seguro de que la primera opción fuera cierta. Tras lanzarle una última mirada elocuente, entró en el cuarto de baño, cerró la puerta y se cambió rápido de ropa. Entonces, se fijó en la bolsita con objetos personales que Maddie había dejado abierta junto al lavabo.

Pasta de dientes, un cepillo de pelo, algunos artículos de maquillaje... Objetos sencillos, pero que le pertenecían a ella. Alargó la mano y rozó el mango del cepillo con los dedos. Le vino a la mente una imagen extraña y por completo inapropiada de las cosas de Maddie repartidas por el lavabo de su ático. Notó una punzada de dolor en el pecho, una sensación intensa y familiar.

Por el amor de Dios, necesitaba medicarse o algo así. Era una bonita fantasía, pero solo era eso: una fantasía.

Cuando consideró que ya había transcurrido tiempo suficiente, regresó a la habitación principal. Maddie seguía sentada en la cama, donde la había dejado, con la mirada clavada en la alfombra de piel de oso que había en el suelo.

Chase suspiró.

—¿Qué estás haciendo, Maddie?

—Esa alfombra da muy mal rollo, ¿no te parece?

—No es la clase de cosa que pondría en mi casa —contestó él mientras se dirigía al centro de la habitación y se cruzaba de brazos.

Ella hizo una mueca.

—Voy a tener pesadillas en las que esa cosa cobra vida y me muerde un pie mientras duermo. Eso me estropearía la pedicura.

Chase le miró los delicados pies. No le importaría mordisquearle uno.

—Maddie, deberías ponerte el pijama.

Ella se puso de pie y se tocó el borde del vestido. Antes, al verla, Chase había pensado que aquel tono de azul le sentaba a la perfección.

Maddie suspiró.

—Duermo desnuda, así que no he traído pijama. No pensé que sería un problema…

Por los clavos de Cristo…

Se le abarrotó la mente de imágenes de la reluciente piel de Maddie, sonrojada y suave como la seda, deslizándose bajo las sábanas. Llevaba toda la noche con el cuerpo tenso como la cuerda de un arco, pero ahora le empezó a palpitar el pene. Anhelaba poseerla a un nivel primitivo y salvaje. Las cosas que le gustaría hacerle…

Y por eso no haría nada. A Maddie, no. Era demasiado buena.

Se apartó de ella y buscó casi enajenado una solución.

—Tengo algunas camisetas que te quedarán lo bastante largas.

Mientras se dirigía hacia su maleta, el miembro hinchado que tenía entre los muslos hizo que le costara concentrarse en cualquier otra cosa aparte de en lo que este ansiaba, que era separar aquellos bonitos muslos y hundirse lentamente dentro de ella, una y otra vez. «Eso no va a pasar, colega, así que cálmate». Cogió una camiseta oscura y se giró.

Maddie se encontraba detrás de él.

—Lo siento.

—¿Por qué? ¿Por achisparte un poco? —Chase sacudió la camiseta—. Levanta los brazos.

Ella obedeció y los alzó en el aire.

—Siento todo esto. —Su voz sonó amortiguada cuando la camiseta de algodón se le atascó un momento sobre la cabeza y Chase no pudo evitar sonreír al tirar de la prenda—. Debes odiar esta situación —añadió mientras le asomaba la cabeza.

—¿Qué situación?

Le bajó la camiseta de un tirón y, gracias a Dios, comprobó que le quedaba casi tan larga como el vestido. A continuación, deslizó los brazos bajo la prenda y buscó a tientas la cremallera situada a la espalda. Cuando le rozó la curva de los pechos con los brazos, se acercó más a ella de forma inconsciente.

—Tener que cargar conmigo —contestó ella, echando la cabeza hacia atrás para mirarlo a los ojos.

—No tengo que cargar contigo, Maddie —sentenció él con el ceño fruncido.

Ella no dijo nada.

Sus dedos localizaron la cremallera y la bajaron. El vestido cayó y se amontonó alrededor de los pies de Maddie. Entonces, sus manos… Dios santo, sus manos se posaron en la piel desnuda de la espalda de Maddie. Como recordaba, su piel era suave como la seda.

Chase recordó que debía apartar las manos de inmediato y retroceder, pero ella se inclinó hacia delante mientras le colocaba las pequeñas palmas de las manos en la cintura y sus muslos desnudos rozaban los de él. Luego apoyó la mejilla contra su pecho y suspiró.

—Te he echado de menos —murmuró Maddie.

Chase sintió que algo se agitaba dentro de su pecho.

—¿Cómo puedes echarme de menos, nena? Nos vemos todos los días.

—Ya lo sé. —Se le escapó un pequeño suspiro—. Pero no es lo mismo. Las cosas no son iguales entre nosotros. Y te echo de menos.

Dios Santo, ¡cuánta razón tenía! Desde aquella noche en su club, las cosas habían cambiado. Y, ahora mismo, Chase se había quedado paralizado, debatiéndose entre la certeza de que debía poner distancia entre ellos y el deseo de abrazarla. ¿Cuántas veces la había abrazado así? En los últimos años, no; pero, cuando Maddie era más joven, muchas veces.

Una sensación cálida se propagó por el extraño espacio vacío que tenía en el pecho y del que solía hacer caso omiso. Cuando era niño, ni sus hermanos ni él soportaban estar en su fría casa, rodeados por los sueños frustrados de su madre sobre el matrimonio y la ausencia de su padre, así que estar con Mitch, Maddie y su familia siempre había aliviado esa soledad.

Sobre todo, Maddie. Había algo especial en ella que había conquistado el corazón de Chase. Incluso cuando dejaron de hablarse, ella existía en el fondo de su mente como un fantasma constante, atormentándolo.

Chase cerró los ojos y apoyó la barbilla sobre la coronilla de Maddie.

—Yo… también te echo de menos.

Ella levantó la cabeza y le dedicó una sonrisa somnolienta, mirándolo con sus preciosos ojos llenos de confianza. Y, santo cielo, entonces Chase tuvo el presentimiento de que Maddie le permitiría hacerle lo que quisiera, aquí y ahora. Su cuerpo le pidió a gritos que diera el paso; se lo exigió, en realidad.

Descubrió que poseía más fuerza de voluntad de la que creía cuando la guio hasta la cama con forma de corazón, apartó la manta y la hizo sentar con delicadeza. En un sorprendente giro del destino, ella no protestó, sino que deslizó aquellas piernas sexis y voluptuosas bajo la manta y se tumbó.

—¿Dónde vas a dormir? —le preguntó Maddie, entrecerrando los párpados.

Chase permaneció sobre ella, contemplándola. Sabía con exactitud cuántas pecas tenía repartidas por la nariz y las mejillas. Doce, ni más ni menos. Sabía que la diminuta cicatriz que tenía debajo del labio inferior, y que era un poco más blanca que el resto de su piel, se debía a un accidente de bicicleta a los siete años. Sabía que esos labios, dependiendo del estado de ánimo de su dueña, podían resultar muy expresivos.

Echó un vistazo por encima del hombro. El sofá era largo y estrecho y, sin duda, tan cómodo como dormir sobre una pila de tablas.

—¿Chase? —susurró Maddie.

Se obligó a sonreír mientras le apartaba un mechón de pelo de la cara y luego, sin pretenderlo, mantuvo la mano contra su mejilla, acunándola. Ella se apoyó contra su mano y otro suave suspiro brotó de sus labios entreabiertos.

—Me toca el sofá.

—Aquí hay sitio de sobra. —Maddie se colocó de costado, girándose hacia él—. No muerdo.

El problema era que, en realidad, a él le encantaría que lo mordiera.

—No te preocupes.

Para su sorpresa, se quedó dormida antes de que él pudiera añadir nada más. Mejor así porque, si volvía a ofrecerle la cama, no estaba seguro de poder negarse de nuevo.

Chase acercó los labios hasta su mejilla y le depositó un beso allí antes de apartarse. Apagó la luz, se dirigió al sofá y se estiró, poniéndose lo más cómodo posible. Volvió a notar aquel dolor en el pecho y, esta vez, supo que no se debía a que echaba de menos los abrazos de Maddie.

Se debía a que anhelaba que ella formara parte de su vida.

Capítulo cinco

Mientras medio bote de paracetamol intentaba obrar su magia contra el dolor de cabeza provocado por el vino, Madison hizo un gesto de dolor detrás de las gafas de sol y avanzó arrastrando los pies al lado de su madre. Recorrer los viñedos sonaba divertido, y podría haber sido bastante interesante si no estuviera segura de que un batería psicópata se había instalado dentro de su cabeza.

Dios mío, estaba claro que anoche había bebido más de la cuenta. ¿Se había puesto a bailar encima de un banco? ¿Chase había hecho gala de una sensatez sorprendente y había tenido que acompañarla de regreso al bungaló? Puesto que se sentía avergonzada y bastante frustrada consigo misma, Maddie se mantuvo cerca de su familia cuando se amontonaron en los asientos situados en la caja de un camión para ganado, desde donde verían el viñedo de cerca.

¿Bobby? ¿Robby? Como se llamara había acabado en el otro camión, gracias a Dios. No era capaz de mirarlo sin desear esconderse bajo el heno que cubría la caja del vehículo.

Cada bache hacía que le martillearan las sienes. Se aferró al asiento, con la mandíbula apretada, mientras el camión recorría el estrecho camino bamboleándose.

Su madre hizo una mueca bajo el ala de su amplio sombrero de paja.

—No pareces muy contenta.

Antes de que ella pudiera responder, Chad intervino con una amplia sonrisa.

—Anoche se bebió unas veinte copas de vino.

—Madison —la reprendió su madre, frunciendo con aspereza el ceño.

La aludida puso los ojos en blanco.

—No fueron veinte copas.

—¿Y cuántas fueron? —le preguntó su padre, frotándose la barba recortada.

—No lo sé. —Le echó un vistazo a Chase, que permanecía en silencio—. ¿Unas cuatro…?

Su madre dejó escapar una exclamación ahogada, pero Lissa soltó una risita mientras Mitch sonreía y decía, sacudiendo la cabeza:

—Menuda borrachina.

Madison puso mala cara y luego se giró. Viñedos y colinas onduladas se extendían bajo el sol resplandeciente y el cielo azul hasta donde alcanzaba la vista. Por suerte, la conversación pasó de su resaca a los planes para la boda. El viernes por la noche habría un ensayo, ya que las despedidas de soltero y soltera se habían celebrado la semana anterior. Había que doblar una montaña de programas de boda y, como quería ayudar de algún modo con la celebración, Madison se ofreció a hacerlo antes de la cena.

—¡Gracias! —exclamó Lissa. Era evidente que estaba muy agradecida—. Supongo que necesitarás ayuda. Hay un montón de programas, además de los tarjeteros. Seguro que a otras damas de honor les encantaría ayudar.

Al ser la dama de honor principal, Madison sabía que debía hacer este tipo de cosas, y lo cierto era que le apetecía hacerlo. Además, las otras chicas ya habían colaborado mucho y la habían ayudado cada vez que ella lo había necesitado.

—No te preocupes. Puedo encargarme. Deja que se relajen.

Lissa cedió, pero le dirigió una mirada a Mitch.

Madison dejó de apretarse las manos y se alisó la falda de tela vaquera. Chase estaba sentado frente a ella. A pesar de que él apenas le había dirigido la palabra desde que se levantó a duras penas de la cama, pudo notar que la estaba mirando.

La noche anterior... Madre mía, Chase había tenido que ayudarla a quitarse el vestido y le había confesado que dormía desnuda. Bueno, estaba claro que había añadido otra humillación más a la lista. Le echó un vistazo a Chase mientras se prometía no volver a beber vino nunca más.

Sus miradas se encontraron al mismo tiempo que el guía turístico se detenía junto a un gran edificio de piedra. Todos bajaron enseguida. Mitch y Lissa iban en cabeza, rodeándose la cintura el uno al otro con el brazo. Los padres de Madison se mostraban igual de acaramelados. Como había comentado Chase el día anterior, este viaje era como una luna de miel para ellos. No habían tenido una de verdad cuando se casaron, así que Madison se alegró de ver que estaban disfrutando de unos días de romance y diversión.

—Toma —dijo una voz profunda.

Al levantar la vista, le sorprendió descubrir a Chase a su lado, ofreciéndole una botella de agua. La aceptó con una sonrisa vacilante.

—Gracias.

Él se encogió de hombros.

—He visto muchas resacas peores que la tuya, pero el agua debería venirte bien.

«Seguro que es un experto en el tema», pensó mientras desenroscaba la tapa y tomaba un sorbo. Además de ser el propietario de tres clubes nocturnos en los que la gente nadaba en alcohol, había sido bastante fiestero en la universidad, y también estaba el tema de su madre... Era probable que sus hermanos y él hubieran aprendido a tratar una resaca siendo muy jóvenes. A Madison siempre le había extrañado que Chase hubiera decidido meterse en el negocio de los clubes nocturnos, pero supuso que estaba decidido a cumplir el dicho que decía «de tal palo, tal astilla». En su día, su padre tuvo docenas de bares y clubes nocturnos. Parecía natural que uno de los hermanos siguiera su ejemplo.

Pero Chase... En el fondo, no era como su padre. No era tan frío ni egoísta como el señor Gamble. Madison sintió un leve escalofrío al recordar las pocas veces que había estado en la casa de los Gamble. Una vez cuando solo era una niña y luego otra con diecisiete años. En ambas ocasiones, la casa le había parecido estéril y gélida. La madre de Chase era como un cascarón inánime que vivía a base de botellas de vino y medicamentos con receta. Aquella mujer amaba al padre de sus hijos hasta la muerte, mientras que a su marido... parecía darle igual.

Observó a Chase con disimulo desde detrás de las gafas de sol y se fijó de nuevo en que, de los tres hermanos, él era el que más se parecía a su padre en el físico; pero, incluso a pesar de los clubes, las mujeres y el éxito, era el que tenía menos en común con él.

Pero, por lo visto, no conseguía dejar de comportarse como si fueran iguales.

Cuando él la miró, Madison dirigió la vista al frente. ¿Por qué estaba pensando en estas cosas? Todo eso daba igual y, si no empezaba a prestar atención, bajaría rodando los estrechos escalones por los que los conducía el guía y que llevaban a una bodega en la que había miles de botellas de vino almacenadas en botelleros que llegaban del suelo al techo.

Madison percibió algo diferente en Chase hoy mientras este bromeaba con sus hermanos y Mitch. Como si una tensión que no estaba presente ayer por la mañana se hubiera adueñado de sus hombros. Esperó que no se debiera a haber dormido en aquel espantoso sofá.

El aire era varios grados más fresco en la bodega, por lo que Madison se frotó los brazos para calentarse. Puesto que el tema del almacenaje de vino no le resultaba demasiado interesante, empezó a vagar por el laberinto de botellas.

Santo cielo, si tuviera claustrofobia, estar aquí abajo supondría un problema debido a lo apiñados que estaban los altos y estrechos botelleros.

Sus sandalias repiquetearon contra el suelo de cemento mientras Madison intentaba leer los nombres que había escritos en las botellas. La mayoría le resultaron impronunciables y, para ser sincera, prefería morirse antes de volver a tomar otro sorbo de vino.

Las voces del grupo se fueron desvaneciendo mientras Madison deslizaba los dedos por las botellas frías. Era evidente que ella no solía beber. Lo de anoche había sido una excepción.

Se detuvo al final de un botellero y, al echar un vistazo por encima del hombro, comprendió de pronto que ya no oía a nadie. Frunció el ceño y retrocedió hasta donde creía haberlos dejado, pero no había nadie allí.

—Mierda —masculló mientras recorría un pasillo a toda prisa.

Esto no podía ser verdad. No la habían abandonado. Apretó la botella de agua con más fuerza y dobló una esquina a la carrera. Entonces, se estrelló contra un pecho duro y casi se cae de culo.

Chase la agarró del brazo antes de que acabara en el suelo.

—Caray. ¿Estás bien?

Madison asintió con la cabeza, parpadeando con rapidez.

—No sabía que estabas ahí. —Retrocedió un paso, haciendo caso omiso del hecho de que el corazón se le hubiera acelerado de repente. Esa reacción era ridícula—. ¿Qué haces aquí?

Él ladeó la cabeza y contestó:

—El grupo va a ir a comer.

—Ah, ¿sí?

Como ya no estaba dando botes en aquel horrible camión, su estómago se animó.

Chase esbozó una media sonrisa.

—Tengo entendido que es un pícnic, justo en medio de los viñedos.

Eso sonaba increíblemente apetitoso y romántico.

—Bueno, entonces, será mejor que nos demos prisa.

Chase se hizo a un lado y le permitió pasar. Mientras la seguía en silencio, Madison deseó que dijera algo. Lo que fuera. Aunque, claro, ella tampoco tenía ni idea de qué decir. La incomodidad que existía ahora entre ellos era un asco. Prueba irrefutable de por qué los amigos de cualquier tipo no deberían cruzar nunca esa línea invisible... A menos que piensen cruzarla del todo.

Cuando llegaron a la entrada, Chase soltó una palabrota entre dientes y dijo:

—¿Dónde rayos están todos?

Madison notó que una sensación espantosa se le propagaba por la boca del estómago mientras recorría los pasillos vacíos con la mirada. No oyó nada aparte de la suave respiración de Chase y los fuertes latidos de su propio corazón.

—¿No nos habrán...? —empezó a decir, pero se interrumpió, incapaz de aceptar lo que estaba pasando.

—No —contestó él.

Chase la rodeó y subió los escalones con pasos pesados. Madison dio un respingo al oír otra palabrota en voz alta y unos fuertes golpes.

Cuando se reunió con él en lo alto de los escalones, Chase tenía los brazos en jarras.

—Por favor, no digas lo que creo que vas a decir.

—Estamos encerrados —anunció él con tono de incredulidad.

—Tienes que estar de coña. —Se las arregló para pasar junto a él e intentó abrir la puerta, sacudiendo el pomo. Nada. Sintió ganas de darse cabezazos contra la puerta, pero supuso que, puesto que al fin se le había aliviado el dolor de cabeza, no sería buena idea—. Se han olvidado de nosotros.

Chase se apoyó contra la fría pared de cemento y cerró los ojos.

—Seguro que se dan cuenta de que no estamos. Volverán. Pronto. No tardarán.

«Eso espero», pensó Madison, muerta de frío. Sin embargo, cuando pasaron cinco minutos y luego diez, tuvo la impresión de que no los rescatarían pronto.

Se sentó en un escalón y se frotó la piel erizada de las piernas desnudas con las manos.

—¿Sabes? Me ofende un poco que nadie se haya dado cuenta de que faltamos.

Chase soltó una risita y se sentó en el escalón situado por encima de ella, inclinándose hacia delante, con las manos cruzadas sobre las rodillas dobladas. Su cara estaba casi a la misma altura que la de ella, así que ahora Madison no tenía que inclinar la cabeza para hablar con él.

—Pues sí, es un duro golpe para la autoestima, ¿verdad?

—Y apuesto a que estarán disfrutando del pícnic. Estarán comiendo minisándwiches, bebiendo gaseosa y pensando: «Vaya, el grupo parece diferente; pero, da igual, ¡hay huevos en escabeche!».

La risa profunda y ronca de Chase le provocó una sensación cálida en el vientre.

—Esto me recuerda a algo.

Al principio, Madison no comprendió a qué se refería con ese comentario mientras se quitaba las gafas de sol de la cabeza y las colocaba junto a la botella de agua en el escalón más alto. Y, entonces, cayó en la cuenta.

Oh, madre del amor hermoso.

—Tenías siete años —añadió él con la voz cargada de humor.

Ella agachó la cabeza, avergonzada. Chase contaba con una memoria demasiado selectiva cuando se trataba de recordar los momentos más humillantes de la vida de Madison.

—Mitch y yo íbamos a ir al parque a jugar al baloncesto y tú querías acompañarnos, pero Mitch no te dejó. —Hizo una pausa para soltar otra risita—. Así que decidiste vengarte.

—¿Podemos hablar de otra cosa?

Él la ignoró.

—Y te metiste en un baúl que había en la casa del árbol. ¿Qué rayos esperabas conseguir con eso?

A Madison le ardieron las mejillas.

—Esperaba que, al regresar y no encontrarme, os sintierais mal por no dejarme jugar con vosotros. Sí, ya lo sé, no fue un plan muy inteligente, pero era una niña.

Chase sacudió la cabeza y un mechón de pelo oscuro le cayó sobre la frente.

—Podrías haberte matado.

—Bueno, pero no me pasó nada.

—El problema fue que pensamos que estabas en casa de los vecinos —prosiguió Chase, que ahora tenía el ceño fruncido—. Dios mío, tuviste que pasar horas dentro de ese baúl.

Así fue. Por suerte, la corrosión había abierto un agujero enorme en un lateral del baúl, pero algo salió mal cuando Madison cerró la tapa. Se quedó encerrada. A pesar de que tenía los brazos escuálidos, no pudo alcanzar el pestillo desde el interior. Así que se quedó en aquel maldito baúl, desvalida, a medida que anochecía y la invadía la sensación de que tenía arañas correteándole encima. Recordaba haber llorado durante lo que le parecieron días y haberse quedado dormida, por fin, convencida de que iba a morir allí sola.

—Cuando tu padre comprendió que no estabas en casa de los vecinos y que nadie te había visto desde que nos fuimos al parque, creí que iba a encerrarnos en uno de sus refugios antiaéreos.

Madison soltó una carcajada al imaginarse lo furioso que se habría puesto su padre. Gran parte del motivo por el que ella había podido seguir a los chicos tan a menudo de niña se debía al hecho de que sus padres habían amenazado a Mitch y a los hermanos Gamble. Si Madison quería jugar con ellos, podría hacerlo e imponer las normas.

Lástima que ya no funcionara igual ahora.

—Me encontraste tú —dijo Madison, cerrando los ojos.

—Así es.

—¿Cómo?

Eso era lo único que nunca había conseguido averiguar.

Chase se quedó callado tanto rato que ella creyó que tal vez no se acordara.

—Te buscamos por todas partes… Mis hermanos y tu familia. Ya habían estado en la casa del árbol, pero no sé qué me hizo comprobarla de nuevo. Vi aquel maldito baúl sobre el que solíamos sentarnos y miré por el agujero. Cuando vi tu jersey rojo casi me da un infarto. Te llamé, pero no contestaste. —Transcurrió un breve momento de silencio—. Creí que estabas muerta allí dentro. Tuve que usar aquel viejo martillo roto para abrir la cerradura a la fuerza. —Respiró hondo—. Me diste un susto de muerte.

Madison se mordió el labio mientras recordaba cómo la había cogido en brazos y la había llevado de vuelta a la casa.

—Lo siento. No pretendía asustaros.

—Ya lo sé. Solo eras una niña.

Tras una pausa, Madison dijo:

—Siento lo de anoche.

Él le restó importancia encogiéndose de hombros.

—No. Hablo en serio. Estaba como una cuba, y recuerdo con algo de imprecisión haberme dado un golpe en la cara.

A Chase se le arrugó la piel de las comisuras de los ojos cuando soltó una risita.

—Es verdad.

—Qué vergüenza —masculló—. En fin, siento que tuvieras que lidiar con eso.

—No te preocupes. Fue divertido.

—¿Divertido?

Él asintió con la cabeza.

—Te pusiste a hablar de la luna y de que ibas a convertir a los hijos de Mitch y Lissa en voluntarios y a enseñarles cosas… muchas cosas.

A Madison se le dibujó una amplia sonrisa.

Chase inspiró y luego dijo:

—Así que… ¿duermes desnuda?

«Ay, Dios…».

—¿Siempre? —añadió con la voz cargada de curiosidad.

Madison suspiró.

—Siempre.

—Interesante.

Cuando lo miró por encima del hombro, con las cejas enarcadas, él le guiñó un ojo. Y luego no añadió nada más. Entonces se hizo el silencio y Madison buscó algún tema de conversación.

—¿Cómo van los clubes?

—Bien. —Chase cruzó sus musculosos brazos sobre el pecho—. Me estoy planteando abrir el cuarto en Virginia.

—¿En serio? Vaya. Eso es un paso importante.

—Bueno, todavía no hay nada decidido, pero la cosa pinta bien. Podría centrarme en los clubes de mi padre, pero parece irles bien por su cuenta. Nunca se me ocurrió comprárselos a las personas a las que dejó al cargo. Prefiero tener los míos. Tiene más valor así, al conseguirlo solo…

Cuando Chase bajó la mirada hacia donde ella se frotaba las pantorrillas, Madison se detuvo, sonrojándose.

Él carraspeó y luego dijo:

—Mitch me comentó que solicitaste más fondos para el departamento de voluntariado y los conseguiste.

A principios de año, como había pasado en todas partes, el Smithsonian se enfrentó a recortes de presupuesto, y el servicio de voluntariado fue uno de los primeros departamentos que se vio afectado. Hicieron falta meses de peticiones, sangre y bastantes lágrimas de frustración para que les concedieran por fin una subvención que les permitió seguir trabajando.

Madison asintió con la cabeza.

Al percibir una expresión de orgullo en los ojos de Chase, sintió que la invadía una sensación cálida y agradable.

—Eso está muy bien —la felicitó Chase.

Ella se sonrojó y apartó la mirada, pues nunca se había sentido cómoda cuando le hacían cumplidos.

—Hizo falta mucho trabajo, pero me gustó.

—Es agradable… verte hacer algo que te gusta.

Madison alzó la cabeza bruscamente hacia él mientras intentaba descifrar por qué había dicho eso, pero luego comprendió que quizá no había ningún significado oculto tras sus palabras.

—Lo mismo digo —respondió.

Él hizo un gesto afirmativo y luego inspiró hondo. Madison se puso tensa. Conocía ese sonido, sabía que Chase iba a decir algo que era probable que a ella no le gustara.

—Sobre lo que pasó… ayer por la tarde… —Un músculo le palpitó en la mandíbula—. No debería haberme marchado así.

Madison se quedó mirándolo varios segundos, sorprendida, antes de poder hablar.

—No, para nada.

Él ni se inmutó.

—Pasó, y no debería haberte dicho lo contrario.

Madison se preguntó si en el exterior estaría teniendo lugar un apocalipsis: cometas cayendo del cielo, los polos del planeta invirtiéndose, icebergs derritiéndose… Sus padres estarían encantados.

Un sonrojo se extendió por los pómulos de Chase.

—Pero lo siento. No debería…

—Basta —lo interrumpió Madison, que se había puesto de pie sin darse cuenta. Había poco espacio entre ellos en la angosta escalera y su ira era como una tercera persona que los apretujaba más—. No me digas que no deberías haberlo hecho.

Él abrió mucho los ojos y luego los entrecerró.

—Maddie…

—Y deja de llamarme así —protestó, apretando los puños—. Creo que ya has dejado muy claro lo poco atractiva que te parezco.

—¿Qué? —exclamó Chase, alzando las manos—. Esto no tiene nada que ver con eso.

Madison resopló.

—Ya, claro. Porque, cuando alguien te atrae, te gusta besar a esa persona y luego no te comportas como si hubieras besado a Adolf Hitler.

Chase también se puso de pie. Le temblaban los labios como si intentara no sonreír.

—En primer lugar, no me comporté así. Y, en segundo lugar, no quiero volver a oír las palabras «besar» y «Hitler» en la misma frase, porque ahora te estoy imaginando con ese bigotillo hitleriano.

—Cierra el pico.

—Y eso no es sexi… nada sexi.

El tono de Chase era relajado, incluso pícaro, pero ahora Madison se había puesto colorada como un tomate y no tenía a dónde huir.

—Olvídalo —contestó.

La ira le oscureció los ojos a Chase, volviéndolos de color azul cobalto, y el brillo travieso se desvaneció.

—Está claro que hablar de esto… intentar hacerle frente a la situación como un tío decente ha sido un error.

—Igual que fue un error besarme ayer, ¿no?

—Es evidente —replicó él.

Madison se estremeció y, durante un segundo, le pareció ver un destello de arrepentimiento en los ojos de Chase; pero, entonces, él apartó la mirada. Todo llegó a un punto crítico en un instante. Años de confusión y arrepentimiento se mezclaron formando una desagradable masa de emociones. Madison alzó la barbilla.

—Dime, ¿sueles llamar a tus otras amigas después de

enrollarte con ellas para disculparte por tu comportamiento estando borracho?

Aquel músculo volvió a sobresalirle en la mandíbula.

Madison dio un paso al frente, impertérrita, y se situó casi cara a cara con él.

—Apuesto a que no. Seguro que reciben llamadas que no incluyen una disculpa y flores, en lugar de acabar abandonadas como si fueran basura olvidada.

La ira llameó en los ojos de Chase.

—No eres basura olvidada.

—Ya, entonces supongo que tan solo no soy lo bastante buena. Pero, oye, alegra esa cara, porque pronto no tendremos que seguir compartiendo bungaló y no hará falta que sigamos disculpándonos el uno con el otro.

Madison dio media vuelta y se dispuso a bajar los escalones para ir en busca de un puñetero baúl en el que esconderse, porque las lágrimas le hacían arder los ojos y era consciente de lo celosa que había sonado.

Se estaba poniendo en ridículo. Otra vez.

Consiguió bajar un escalón antes de que Chase la agarrara del brazo y le hiciera darse la vuelta. La fulminó con la mirada.

—Joder, no tienes ni la más mínima idea, ¿verdad?

Madison intentó liberar el brazo, pero él no se lo permitió.

—¿Ni idea de qué?

—No tiene nada que ver con que seas lo bastante buena o me atraigas. Para nada.

—No estoy segura de a quién intentas convencer, colega. Me parece que tu historial conmigo es bastante elocuente.

Madison estaba en medio del escalón y, un segundo después, se encontró con la espalda contra la pared y el cuerpo de Chase pegado al suyo, uniéndose en los lugares adecuados.

—Dime —le ordenó él con voz baja y ronca—. ¿Te parece que no me atraes?

Oh, sí, desde luego que se sentía atraído por ella. Madison se quedó sin aliento y se le secó la boca. Cada centímetro del cuerpo de Chase presionaba contra el de ella, así que pudo sentir la larga y gruesa erección contra el vientre. Una descarga eléctrica le recorrió todo el cuerpo.

—Ya... capto la idea —contestó—. Es una idea muy grande.

Cualquier otro día, Chase se habría reído sin dudarlo, pero hoy no. Estaba demasiado furioso, pero ella no sintió miedo. Miedo y el nombre de Chase eran dos conceptos que nunca asociaría.

Madison intentó tragar saliva o inhalar; pero, al mirarlo a los ojos, solo vio una dolorosa intensidad en su mirada. Y se sintió atraída, arrastrada...

Tal vez fuera cierto que no tenía ni la más mínima idea.

La cálida mano de Chase le subió por el brazo desnudo hasta llegar al borde del diminuto tirante de la camiseta. A Madison se le fue erizando la piel a medida que él desplazaba la mano y, cuando deslizó los dedos bajo el frágil trozo de tela, se le habrían doblado las piernas si él no estuviera tan apretado contra su cuerpo.

Chase inclinó la cabeza y apoyó los labios en la zona situada debajo de la oreja de Madison. Le dio un mordisquito allí, ejerciendo apenas una ligera presión que hizo que a ella le fluyera una llamarada por las venas. Y, entonces, sus labios empezaron a descender, dejando un rastro ardiente a su paso.

—Me vuelves loco, completamente loco. ¿Lo sabes? Seguro que sí.

Madison acalló la voz que gritaba en el fondo de su mente y le lanzaba un millar de advertencias y se aferró a los hombros de Chase mientras echaba la cabeza hacia atrás, apoyándola contra la pared, para proporcionarle todo el acceso que él deseara.

Y estaba claro que lo deseaba.

Aquellos labios firmes volvieron a subirle por el cuello y, luego, se quedaron inmóviles a unos centímetros de los de ella. Madison inhaló con fuerza al mismo tiempo que Chase le apoyaba la otra mano en la cadera y hundía los dedos en la tela vaquera para mantenerla inmóvil.

Sus miradas se encontraron.

—No deberíamos hacer esto —gruñó Chase y, entonces, le dio un profundo beso que la dejó sin aliento. Luego se apartó y le mordisqueó el labio inferior—. Pero no porque no me parezcas atractiva. —Empujó la pelvis contra la de ella como si quisiera recalcar sus palabras—. Ni porque no crea que eres lo bastante buena. Eres demasiado buena, Maddie. Demasiado buena, joder, y ese es el problema.

Madison no sabía a qué se refería con eso. Cuando él le separó las piernas con el muslo, sintió que le costaba respirar y dejó escapar una exclamación ahogada al notar la tela áspera rozándole la piel desnuda y sensible. Averiguar por qué se suponía que no deberían estar haciendo justo esto quedó relegado a un segundo plano ante el dolor que experimentó en las entrañas y la desenfrenada avalancha de sentimientos que albergaba por este hombre desde hacía años.

—Dios mío —gimió Chase mientras empujaba las caderas hacia delante—. Vamos a tener que hacer algo con este tema de no llevar bragas, Maddie. Lo digo en serio.

Ella cerró los ojos y arqueó la espalda a la vez que balanceaba las caderas. La fricción del muslo de Chase y sus propias ansias prendieron un fuego en el fondo de su ser. Cuando habló, su voz sonó entrecortada e irreconocible.

—¿Hacer qué?

Cuando Chase la agarró por las caderas con ambas manos para apoyarla mejor contra su muslo, pudo sentir el abrasador calor que brotaba de él a través de la fina tela de algodón del top.

—Esto es una locura —dijo Chase, lo cual no suponía una respuesta demasiado clara.

Pero a ella le dio igual.

A Chase le llamearon los ojos mientras la empujaba contra él y le daba un beso tan profundo que ella se sintió como si la quisiera devorar.

Madison le rodeó el cuello con los brazos y le hundió los dedos en el suave pelo de la nuca. Mientras movía su cuerpo contra el de él, lo único que anhelaba, lo único que deseaba, era que Chase no se detuviera. Que no se detuviera nunca.

Que le demostrara que lo que decía su cuerpo significaba más que las palabras que salían de su boca.

* * *

¿Basura olvidada? Aquellas palabras todavía le resonaban a Chase en los oídos como un tambor. Su padre había abandonado a su madre como si fuera eso mismo, para que se pudriera en su carísima casa, rodeada de joyas, pieles, limpiapiscinas y todo lo que aquella mujer podría desear, menos lo único que ella necesitaba: el amor y la fidelidad de su marido. Maddie nunca sería… nunca podría ser basura olvidada.

Chase inhaló de forma entrecortada un segundo antes de que ella tirara de él para unir sus bocas. Esto era una locura, pero él había perdido el control en algún momento entre que Maddie lo acusara de no sentirse atraído por ella y su fogoso arrebato de mal genio.

Y ahora no podía parar, era consciente de que no quería parar, al sentirla tan cálida y dispuesta contra él. El pene se le endureció aún más mientras ella mecía las caderas y dejaba escapar aquellos gemidos contra sus labios.

Desplazó la mano hasta su pecho, tocó el pezón firme y todo impulso caballeroso se desvaneció de la puñetera bodega junto con su sentido común.

Pudo sentir que ella temblaba mientras la besaba y, a pesar de que tenía el pene duro como el granito dentro de los vaqueros, se esforzó por impedir que esta catástrofe ocurriera. Porque, a fin de cuentas, ¿acaso podría estar con ella? Maddie era mucho mejor que él, y ni siquiera se daba cuenta.

Pero fue como si no pudiera controlar sus propias manos. Pasó los dedos por debajo de los tirantes de la camiseta y se los bajó por los brazos, dejando al descubierto las suaves curvas ante el aire frío y su ávida mirada.

—Dios mío, eres preciosa. —Le rodeó un pecho con la mano y se perdió un poco más en la suavidad de Maddie mientras le rozaba el pezón enhiesto con el pulgar—. Eres perfecta…

Ella negó esa afirmación con un gemido entrecortado que lo desarmó mientras Chase hacía descender más la mano, más allá de la curva de su cadera.

Entonces, ella arqueó la espalda y la falda se le subió más por los muslos.

—Por favor, Chase, por favor.

¿Cómo se suponía que iba a negarle lo que le pedía? ¿Cómo podría?

Bajó la cabeza hasta un pezón sonrosado, lo lamió y luego se lo introdujo en la boca. La piel de Maddie era demasiado tentadora para resistirse. Su sabor... lo dejó atónito.

Deslizó una mano bajo la falda, le rozó la firme curva del culo y luego la desplazó hasta los húmedos y resbaladizos pétalos de su sexo. Recorrió esa zona oculta con un dedo y la sintió suave como la seda. Estaba fascinado, Maddie lo tenía cautivado y atrapado. Esto no era nada nuevo, para ser sincero, pero...

Santo cielo, Maddie se mostraba dulce y entregada entre sus brazos, y era tan perfecta.

Y él la deseaba, por completo...

El sonido de unos pasos al otro lado de la puerta lo despertaron con brusquedad de esta fantasía como si lo hubiera alcanzado la onda expansiva de una explosión nuclear.

Se apartó de golpe y sujetó a Maddie para que no bajara rodando por la escalera. Cuando ella lo miró, la expresión de su cara reflejaba tanto desconcierto y parecía tan exigente que Chase tuvo ganas de bloquear la maldita puerta y hacer esto... seguir haciendo esto.

Milagrosamente, consiguió colocarle bien la ropa a

Maddie segundos antes de que la puerta se abriera. Dio media vuelta en el escalón y usó su cuerpo para ocultar el de ella y así darle tiempo para recobrar la compostura.

Vio allí al guía turístico, con una llave en la mano. Detrás de él, Chandler arqueó una ceja con gesto cómplice. Genial.

—Ah —dijo Chandler—, aquí estáis. Supongo que esa sombrita que hay detrás de ti es Madison, ¿no? Os hemos estado buscando por todas partes.

—Bueno, pues hemos estado aquí todo el rato. Encerrados —contestó Chase, enfatizando esa última palabra. Cuando echó un vistazo por encima del hombro, se encontró con unos ojos abiertos como platos y una cara sonrosada mirándolo. Se armó de valor para hacerle frente a la mirada burlona de su hermano—. Habéis tardado bastante.

Chandler soltó una risita socarrona.

—Algo me dice que es justo lo contrario.

Chase hizo caso omiso de la pulla de su hermano. Le preocupaba más cómo diablos iba a mantener ahora las manos lejos de Maddie.

Capítulo seis

¿Qué rayos acababa de pasar? Madison estaba desconcertada. Estaban discutiendo y, un momento después, se estaban besando y haciendo muchísimo más. Cosas muy sexis que la hicieron sentir tensa como la cuerda de un arco, a punto de partirse, y entonces…

Entonces, apareció el hermano de Chase. Decir que la situación había sido incómoda sería quedarse cortos.

Madison seguía aturdida cuando los condujeron a la colina donde habían montado el pícnic. Chase adoptó de nuevo un silencio estoico mientras que su hermano mostró una sonrisita de suficiencia en su atractivo rostro durante todo el camino de regreso. En cuanto a ella… Para ser sincera, no estaba segura de qué hacer.

Se sentía como una zombi bipolar… Una zombi bipolar y cachonda.

En cuanto la vio, su madre se acercó a toda prisa y la abrazó tan fuerte que casi la asfixia. Y por poco le saca un ojo con el sombrero.

—¡Estábamos muy preocupados, cielo! ¡Pensé que te habías caído del camión o algo así!

Le devolvió el abrazo a su madre y dijo para tranquilizarla:

—Estoy bien. Solo me quedé encerrada en la bodega.

—¡Ay, qué horrible!

Su padre frunció el ceño.

—En realidad, en caso de lluvia radioactiva, una bodega subterránea podría ser el mejor refugio.

—Papá… —gimió Madison.

Mitch, que estaba sentado al lado de Lissa, comentó con una amplia sonrisa:

—Al menos, tenías a Chase para que te hiciera compañía. No ha podido ser tan malo y, oye, no habéis acabado matándoos.

Madison se puso tensa.

Chandler le echó un vistazo por encima del hombro al pasar a su lado y le guiñó un ojo antes de añadir:

—Por lo que cabría preguntarse qué acabaron haciendo.

Madison se encogió de hombros mientras se tapaba las mejillas incandescentes con el pelo, luego se sentó en una manta y se entretuvo con la comida restante. Ahora mismo, rodeada de familiares y amigos, no podía ponerse a analizar lo que había ocurrido, pero no pudo evitar mirar a Chase de reojo para comprobar cómo lo llevaba.

Chase se encontraba con sus hermanos, con las largas piernas estiradas delante de él, y ahora sonreía como si no le preocupara en absoluto nada en el mundo.

Vale. Eso podría ser algo positivo. Por lo menos, no estaba meditabundo ni se había disculpado. El corazón le dio un vuelco. ¿Qué significaba que no se hubiera disculpado? ¿Que no se arrepentía de lo que había pasado? ¿Que tal vez podría haber algún tipo de futuro para ellos? ¿Que tal vez ella se estaba precipitando? Pero le resultaba difícil no hacerlo teniendo en cuenta que llevaba tanto tiempo enamorada de él.

Dios mío, parecía una cría de trece años.

—Joder —masculló.

—¿Qué has dicho, cielo? —le preguntó su madre.

—Nada. Nada en absoluto.

Después del pícnic, emprendieron el resto de la visita guiada. Por suerte, no volvieron a dejarla atrás... «O, tal vez, por desgracia», pensó mientras miraba a Chase por enésima vez.

Cuando todos se bajaron del camión y se dirigieron a sus bungalós para descansar antes de la cena de gala de esa noche, Madison se encaminó hacia el edificio principal para ocuparse de los programas de boda. Tenía la esperanza de que aquella tarea rutinaria la ayudara a volver a centrarse. Y seguro que era mejor no regresar a aquel bungaló. Estar a solas con Chase de nuevo tan pronto podría acabar en desastre. Ya estaba hecha un manojo de nervios pues no tenía ni idea de cómo iba a comportarse él, ni cómo debería hacerlo ella. ¿Discutirían? ¿Fingirían que no había pasado nada? ¿O lo retomarían donde lo habían dejado?

«La opción número tres, por favor».

Antes de que Madison consiguiera llegar a los escalones que conducían al amplio porche, su madre le rodeó la cintura con el brazo.

—¿Estás bien, cielo?

Se sentía tan turbada que por poco le cuenta la verdad. Bueno, parte de la verdad, al menos. Se encontraban lo bastante lejos del grupo para disponer de cierta intimidad, pero contestó en voz baja:

—No estoy segura, mamá.

Su madre se quitó el sombrero y se pasó las manos por el pelo oscuro para alisar algunos mechones que le sobresalían.

—¿Es por la boda? ¿Por el trabajo?

—No. —Madison se rio—. Estoy muy feliz por Mitch y Lissa. No se trata de eso. Y el trabajo me va genial.

—Entonces, ¿qué te pasa? —Agarró la mano de su hija—. No has sido tú misma desde que llegaste.

Madison deseaba con urgencia hablar con alguien, pero ¿qué podría contarle a su madre? Prefería morirse antes que admitir lo que había ocurrido en la bodega.

—No me pasa nada. En serio.

Sonrió y luego se le formó un nudo en el estómago al ver a Chase estirándose. Tenía un aspecto magnífico bajo el sol vespertino. Se le subió la camiseta, dejando al descubierto las ondulaciones de sus abdominales. Madison tuvo que obligarse a dejar de comérselo con los ojos.

Puede que su madre dijera e hiciera algunas cosas raras a veces, pero era una gran observadora.

—Ah, ya veo.

—¿El qué? —preguntó Madison con el ceño fruncido.

Su madre soltó una risita suave.

—Chase… Siempre es por Chase.

Por muy ofensiva que resultara esa afirmación, no había nada que Madison pudiera decir al respecto. Estaba tan nerviosa… tan inquieta por lo que había pasado, por lo que podría pasar entre ellos, que mantuvo la boca cerrada.

—Lleváis demasiado tiempo jugando al gato y al ratón —dijo su madre en voz baja.

Madison negó con la cabeza. Eran más bien como dos gatos.

—Cielo, sé de sobra que tu corazón siempre le ha pertenecido a ese chico, desde el momento en que dejaste de considerarlo solo un amigo de Mitch... que creo que fue cuando cumpliste diez años. —La señora Daniels dirigió la mirada hacia donde Chase se encontraba con sus hermanos y ladeó la cabeza—. Pero él siempre ha creído que es como su padre. El pobre no tiene ni idea de que no se parece en nada a ese gilipollas.

—¡Mamá!

—¿Qué pasa? —Su madre soltó una carcajada—. Ese hombre fue un padre horrible y un marido aún peor. Lo que ese chico necesita, lo que necesitan todos los hermanos Gamble, es que una buena mujer le demuestre que merece que lo amen.

Madison abrió la boca para cambiar de tema, pero de sus labios salió algo muy diferente.

—Nunca se verá a sí mismo de otra forma, y nunca dejará de verme como la hermana de Mitch.

—No, mi vida, ya no eres solo la hermana de Mitch para él. Lo que pasa es que todavía no se ha dado cuenta.

* * *

Madison todavía seguía pensando en las palabras de su madre mucho después de entrar en la pequeña habitación situada en la parte posterior del edificio principal del hotel y sentarse en el suelo, con las piernas dobladas. Tenía ante ella dos cajas pesadas. Una estaba llena de programas y la otra, de tarjetitas y soportes.

Tal vez sí debería haber pedido ayuda... Iba a pasarse ahí toda la noche.

Se estremeció al echarle un vistazo a la cabeza de ciervo que había colgada en la pared. Suspiró, alargó la mano hacia los programas y empezó a doblarlos realizando tres pliegues.

«Todavía no se ha dado cuenta».

¿De verdad eso podría ser lo único que lo frenaba después de tantos años? Chase la deseaba y le tenía cariño, pero ¿todavía no lo había aceptado? Ni hablar, no se lo creía. Y tampoco pensaba que se debiera a la influencia de su padre. O bien quería estar con alguien o no. Para ella, no había término medio.

Se había planteado llamar a Bridget, pero su amiga se limitaría a echarle un sermón sobre lo idiota que estaba siendo, algo que no dudaba que se mereciera. Mantener una relación no platónica con Chase era una estupidez. Pero, maldita sea, Madison no tenía fuerza de voluntad cuando se trataba de él.

Ya había un ordenado montoncito de diez programas doblados cuando alguien llamó a la puerta. Un segundo después, la puerta se abrió y Chase apareció en el umbral.

—Hola —la saludó.

Madison, que se había quedado atónita al encontrar al objeto de su angustia ante ella, solo pudo quedarse mirándolo y recordar lo maravilloso que había sido sentirlo apretado contra ella.

—Hola —contestó con tono vacilante.

Chase entornó los ojos mientras se pasaba una mano por el pelo.

—Tu madre pensó que te vendría bien algo de ayuda.

Maldita entrometida.

Madison inspiró hondo al mismo tiempo que tramaba un millar de formas de coserle la boca a su madre.

—No te preocupes. Puedo encargarme sola. Estoy segura de que preferirías hacer otras cosas.

Se sonrojó cuando él enarcó una ceja de forma insinuante. Y ahora Madison también se puso a pensar en que había otras cosas que ella preferiría hacer. Maldito Chase.

Él señaló las cajas llenas.

—Desde aquí, parece que necesitas ayuda.

Madison se encogió de hombros mientras doblaba un programa, con la cabeza inclinada para que el pelo le cayera hacia delante y le cubriera la cara, que se le había puesto roja como un tomate.

Chase entró despacio en la habitación y cerró la puerta.

—Al paso que vas, estarás aquí hasta la boda.

—Qué gracioso. —Lo vio sentarse al otro lado de las cajas—. Chase, te lo agradezco… pero no hace falta que lo hagas.

Él se encogió de hombros y cogió un programa. Al mirarlo, arrugó el ceño.

—Pero, ¿qué diablos…? —Sacudió la cabeza al mismo tiempo que le daba la vuelta al papel de color blanco puro con letras carmesí—. Este diseño no tiene sentido.

Madison soltó una risita suave mientras dejaba a un lado el programa que tenía entre las manos y se inclinaba hacia delante.

—¿Ves esos puntitos? —Cuando él asintió con la cabeza, se volvió a sentar y cogió de nuevo su programa—. Tienes que doblarlos por los puntos, en dirección opuesta, como un folleto. ¿Ves?

A Chase le costó un par de intentos conseguir que los bordes quedaran alineados a la perfección. Madison se puso colorada mientras observaba cómo sus hábiles dedos se deslizaban por el pliegue del segundo programa.

Él alzó la vista y sus dedos se detuvieron.

—Bueno, ahora que estoy aquí, ¿te vas a quedar ahí sentada... mirándome fijamente?

Madison parpadeó y se apresuró a coger otro programa.

—No te estoy mirando fijamente.

—Claro —contestó él, alargando la palabra.

—¿Estás seguro de que no tienes nada mejor que hacer?

Mientras dividía los programas en dos montones, Madison sintió de nuevo deseos de estrangular a su madre.

—¿Mejor que fastidiarte? Para nada.

Ella intentó ignorar el tono travieso de sus palabras, pero le resultó difícil. No pudo contener una pequeña sonrisa y, un momento después, se estableció entre ellos un agradable y cordial silencio mientras doblaban los programas.

Chase interrumpió ese silencio al soltar una risita entre dientes que captó la atención de Madison.

—¿Qué pasa? —quiso saber, preguntándose qué habría hecho ahora según él.

—Es que me resulta raro verte hacer esto. Las manualidades no son lo tuyo.

Madison se relajó y enderezó el montón cada vez más grande de programas doblados que había entre ellos.

—Tú tampoco me has parecido nunca un tío al que le vayan las manualidades.

Él soltó otra risita.

—No tengo ni idea de lo que estoy haciendo.

—Te estás asegurando de que la boda de Mitch y Lissa se desarrolle sin ningún problema.

—Y ayudándote.

Eso la hizo sonreír.

—Y ayudándome. Por cierto, te agradezco mucho la ayuda, porque esto me habría llevado una eternidad. —Hizo una pausa mientras colocaba un programa doblado sobre la pila y luego cogió otro—. Pero siento que mi madre te embaucara para hacerlo.

Chase detuvo los dedos sobre el programa y la miró a los ojos. Qué locura. Vestido con vaqueros azules desgastados y una camiseta negra, le pareció el hombre más guapo que había visto en toda su vida. Y este momento era casi perfecto.

Incluso con la cabeza de ciervo observándolos por encima del hombro de Chase como un auténtico mirón.

—Es cierto que tu madre mencionó que estabas haciendo esto —contestó él bajando la mirada hasta el programa que tenía entre las manos.

Aquella frase parecía cargada de significado, como si Madison no hubiera comprendido el chiste o algo así. Así que aguardó, ladeando la cabeza.

—Vale.

—Pero no me pidió que viniera. —A Chase se le sonrojaron los pómulos—. Supuse que necesitarías ayuda.

Madison abrió la boca, pero no le salieron las palabras. Estaba claro que la ayudaba a doblar programas porque tenía buen corazón, así que esto no era una apasionada declaración de amor, pero aun así…

Chase carraspeó.

—Y, con tanto vino por aquí, alguien tiene que echarte un ojo.

Ella soltó una carcajada.

—No soy una borrachina.

—Pues anoche lo parecías.

—¡Claro que no!

—Estuviste bailando sobre un banco con un cretino —repuso él enarcando una ceja.

Madison sacudió la cabeza, sonriendo.

—Se llama Bobby.

—Me parece que se llama Rob.

—Ah. —Madison se mordió el labio—. Da lo mismo.

Chase se inclinó hacia delante y le dio un golpecito en la rodilla con los nudillos.

—Y te sentaste en medio del sendero.

—Estaba cansada —contestó al acordarse de eso.

—Y te pusiste a hablar de lo grande que estaba la luna.

Chase se echó hacia atrás con una amplia sonrisa. Y de repente… Dios santo, de repente habían retrocedido cinco años y todo… todo era normal entre ellos.

Madison sintió una punzada en el pecho, pero en el buen sentido.

—Fue como si nunca hubieras visto la luna. Me sorprende que no sigas pensando que es una bola de queso en el cielo.

—¡Ya no tengo cinco años, Chase! —protestó, lanzándole el programa doblado.

Él atrapó el papel.

—Pero estabas tan achispada que lo parecía.

Madison soltó una risita ante ese comentario y alargó la mano hacia la caja de programas, pero descubrió que estaba vacía. Entonces, se desplazó hacia un lado, introdujo la mano en la otra caja y sacó una docena de tarjeteros para señalar la distribución de los invitados en las mesas. Se sintió decepcionada al comprender que terminarían en menos de una hora.

También recordó lo que le había dicho la noche anterior a Chase mientras él la abrazaba con tanta ternura, lo que demostraba que no estaba tan borracha.

Le había confesado que lo echaba de menos... que echaba esto de menos. Tan solo estar juntos, tomarse el pelo o permanecer sentados en un agradable silencio. Años atrás, podían pasarse horas así. Ese era el motivo por el que, durante muchísimo tiempo, estuvo convencida de que estaban hechos el uno para el otro.

Ahora esa idea le pareció tonta y puede que incluso un poco triste, pero Madison no quería que este momento terminara. Y, lo que era más importante, no quería seguir echando de menos a Chase.

* * *

Mientras la observaba introducir las tarjetitas en los soportes, Chase se preguntó qué habría causado la fugaz expresión de tristeza que había visto en el rostro de Maddie. Ahora había recuperado la sonrisa y le estaba hablando del proyecto en el que estaba trabajando. Adoraba... prefería verla así.

No le costó imaginársela con alguien, sentados hablando de cualquier gilipollez, y ella seguiría estando increíblemente sexi. Maddie poseía una actitud abierta, un encanto natural que atraía a la gente. Un día de estos, algún hijo de puta iba a tener mucha suerte.

Chase trató de ignorar el escalofrío que surgió de la nada y le bajó por la nuca.

Hizo a un lado esos pensamientos mientras le contaba a Maddie que el encargado de uno de sus clubes había pillado el fin de semana anterior a una pareja en el almacén.

—Stefan se encontró con todo un espectáculo cuando fue a buscar paños limpios.

Madison echó la cabeza hacia atrás y soltó una carcajada.

—¿Y eso pasó en el Komodo? ¿No tuvieron que atravesar la sala de empleados? ¿Cómo consiguieron llegar hasta allí?

—Uno de los camareros dejó la puerta abierta. —Sonrió cuando ella soltó otra carcajada—. Según Stefan, lo estaban grabando todo con los móviles.

—Caray. —Maddie hizo una mueca burlona—. Cuánta habilidad para hacer varias cosas a la vez.

—¿Celosa?

Ella puso los ojos en blanco.

—Claro, no hay nada más romántico que hacerlo mientras alguien te planta la cámara de un móvil en la cara.

A Chase le vino a la mente una imagen de Maddie retorciéndose desnuda debajo de él, haciéndolo frente a una cámara, y luego sin la cámara.

Cierto, no era romántico, pero sí tremendamente sexi. Se tiró del cuello de la camiseta pues, de pronto, sintió que el ambiente se había vuelto sofocante en la pequeña habitación.

Maddie frunció el ceño.

—¿En qué estás pensando?

—No te conviene saberlo.

Mientras un bonito e intenso sonrojo le cubría las mejillas, Maddie se apresuró a centrar de nuevo su atención en introducir las tarjetas en los soportes. Aunque le pareció imposible, Chase notó una hinchazón cada vez mayor entre los muslos. Por el amor de Dios…

Estiró las piernas, pero no sirvió de nada.

—Bueno…

Ella lo miró de reojo.

—Bueno, ¿qué?

—Bueno, ¿cuándo vamos a hacer esto para tu boda?

Durante un buen rato, lo bastante largo para que Chase comprendiera que acababa de meter la pata hasta el fondo, Maddie se quedó mirándolo sin decir nada. Chase se dispuso a quitarle importancia bromeando, pero ella respondió entonces:

—No sé si me casaré.

Una parte de él (una parte en realidad muy jodida) gritó de alegría, y eso estaba mal. Porque Maddie no era suya, ni lo sería nunca, y él quería verla feliz. Y ella no podría ser feliz estando sola para siempre.

—Claro que te casarás, Maddie.

Unos destellos verdes aparecieron en sus ojos.

—No me trates con condescendencia, Chase.

Él se echó hacia atrás, alzando las manos.

—No pretendo ser condescendiente. Solo soy realista.

Maddie sacó un soporte de la caja e introdujo con brusquedad una tarjeta en la pobre cosa.

—¿Puedes ver el futuro? No. Eso pensaba.

—No entiendo por qué te pones así. —Se estiró y le quitó el tarjetero de la mano antes de que lo doblara—. Es imposible que algún tío no acabe enamorado de ti con locura. Tendrás una gran boda como esta, una magnífica luna de miel, dos hijos…

Joder, aquellas palabras le hirieron la garganta como si

fueran clavos. Y, por algún motivo, parecieron cabrearla más.

Maddie se puso de rodillas, cogió el montón de programas doblados y los colocó dentro de la caja.

—Me casaré cuando tú te cases.

Chase soltó una carcajada de sorpresa.

—Y una mierda.

Ella lo fulminó con la mirada mientras empezaba a guardar los tarjeteros en la caja.

—¿Qué pasa? ¿No crees en el amor y el matrimonio?

—No soy tan idiota.

El resoplido de indignación que soltó Maddie supuso una clara advertencia.

—Entiendo. Te basta con poder meter la polla donde te plazca, ¿no?

A su padre le funcionó... Bueno, no del todo. Chase observó a Maddie unos segundos, luego agarró la caja y la apartó a un lado.

Ella estaba de rodillas y se quedó inmóvil sujetando dos tarjeteros con sus pequeños puños. Chase experimentó un *déjà vu*. Salvo porque en ese entonces Maddie tenía seis años y, en lugar de aquellos soportes plateados, sostenía dos Barbies destrozadas a las que Mitch y él les habían cortado la cabeza.

Chase soltó una carcajada.

Los ojos de Maddie adquirieron un intenso tono verde.

—¿Qué te hace tanta gracia?

—Nada —contestó él, volviendo a ponerse serio con rapidez.

Ella entornó los ojos.

—Devuélveme la caja.

—No.

—Devuélvemela o te lanzo estas cosas a la cara.

Chase dudaba que llegara a hacerlo. Bueno, esperaba que no.

—¿Qué te pasa? No entiendo por qué te altera tanto que te diga que algún tío acabará enamorándose de ti.

—¿Crees que podría tener algo que ver con el hecho de que, hace unas horas, estaba medio desnuda en tus brazos y estábamos a punto de hacerlo contra una pared? —De pronto, Maddie abrió los ojos de par en par y se sonrojó—. Olvídalo… Olvida que lo he mencionado si quiera.

Algo se agitó en el pecho de Chase porque, incluso aunque era duro de mollera, comprendió por qué estaba enfadada. Pero luego esa sensación se desvaneció, porque eso daba igual.

—Mierda, Maddie…

—He dicho que lo olvides. —Se puso de pie e introdujo los últimos tarjeteros dentro de la caja con bastante cuidado—. Gracias por la ayuda.

—Joder. —Chase dejó la caja a un lado, se puso de pie a toda prisa y alcanzó a Maddie antes de que llegara a la puerta. Ella bajó la mirada hacia la mano que la sujetaba y luego volvió a mirarlo a la cara—. Lo que pasó entre nosotros…

—Es evidente que no significó nada —lo interrumpió—. Solo buscabas un sitio en el que meter…

—No digas eso nunca —gruñó. Ahora estaba tan cabreado como ella—. Nunca pretendería hacer eso contigo. ¿Entendido?

Maddie parpadeó una vez y luego otra. Liberó el brazo de un tirón mientras tragaba saliva.

—Sí, creo que lo entiendo.

Antes de que él pudiera decir una palabra más, Maddie salió de la habitación hecha una furia y le dio un portazo en la cara. Chase se quedó allí de pie durante varios minutos, con la mirada clavada en el lugar donde había estado Maddie. Cuando al fin comprendió por qué esa última frase le había hecho enfadar, cómo podría haber interpretado sus palabras, soltó otra palabrota.

Se pasó una mano por el pelo mientras dirigía la mirada hacia los programas de boda perfectamente doblados y luego hacia la puerta. Era mejor que Maddie pensara que no la deseaba. Tal vez incluso fuera mejor que creyera que sí, pero que solo buscaba sexo. Porque, si estuvieran juntos, Chase acabaría rompiéndole el corazón.

Capítulo siete

Madison estaba inquieta y llena de intranquilidad cuando regresó al bungaló. La alivió descubrir que Chase no había llegado antes que ella. Todavía faltaban dos horas para la cena y necesitaba tiempo para suavizar la ira y la frustración contenida.

Las cosas iban genial entre ellos y, entonces, Chase había tenido que mencionar el tema del matrimonio. Incluso había llegado a decir que ella acabaría con otro hombre. ¿Acaso no se daba cuenta de lo cruel que era ese comentario después de lo que casi habían hecho? ¿Después de lo que Madison llevaba años queriendo de él?

Les echó un vistazo a las zapatillas de deporte que había en su maleta, pero prefirió la enorme bañera. También necesitaba chocolate, pero ese consuelo tendría que esperar hasta luego. Se desnudó y entró furiosa en el cuarto de baño, conteniendo el impulso de dar un portazo. ¿Qué sentido tendría si solo la oirían las dichosas marmotas de fuera?

Además, ¿por qué estaba tan cabreada? No había cambiado nada entre ellos. Vale, habían compartido dos momentos de absoluta locura, pero las cosas seguían como siempre. Chase no la deseaba… no con las suficientes ganas ni lo bastante para superar los motivos que tuviera (fueran los que fueran) para no estar con ella.

Una parte de Madison comprendía que eso tenía que ver con la relación de sus padres y no con ella en particular. Todos los hermanos Gamble parecían estar un poco tocados. Chad era demasiado despreocupado y no se tomaba casi nada en serio, Chandler solo tenía ligues de una noche y Chase… era un *playboy*. A Chase le gustaban las relaciones, pero nunca permitía que duraran más allá del límite de tres meses que se había autoimpuesto. Breves y dulces, solía decir en broma.

Madison soltó un gruñido, hundió la cabeza bajo las densas burbujas que desbordaban la bañera y permaneció sumergida hasta que le ardieron los pulmones. Las burbujas lamieron el borde de la amplia bañera cuando volvió a salir a la superficie, apartándose unos largos mechones de pelo de la cara.

—Maddie, ¿estás ahí dentro? —resonó la voz profunda de Chase a través de la puerta cerrada.

Madison abrió los ojos como platos mientras recorría con velocidad el cuarto de baño con la mirada. ¿Había cerrado la puerta con llave? ¿Y por qué diablos había dejado la toalla tan lejos, doblada a la perfección sobre el estante que había encima del inodoro? Se aferró al borde de la bañera, preguntándose si debería fingir que estaba dormida.

Como si ese fuera un gran plan.

Y, como ocurre con todos los grandes planes, el tiro le salió por la culata.

La puerta del baño se abrió de par en par y los anchos hombros de Chase llenaron el espacio. La madre de Madison habría comentado que esos hombros estaban hechos para derribar puertas, y con razón.

Ella soltó un chillido y empezó a desplazar las burbujas hacia sus pechos con furia. Unos segundos después, comprendió que eso era una estupidez, teniendo en cuenta que Chase le había visto las tetas apenas unas horas antes, pero no estaba dispuesta a exhibirse ante él.

—¿Por qué has irrumpido así? —le espetó esforzándose por sonar tranquila y fingir indiferencia ante el hecho de tenerlo cerca y que ella estuviera desnuda.

Chase se cruzó de brazos.

—Te llamé, pero no contestaste.

—Así que ¿el siguiente paso lógico fue irrumpir en el baño?

Él se encogió de hombros.

—Me preocupaba que te hubieras hecho daño.

—¿En el baño?

—Contigo, cualquier cosa es posible.

Chase la estaba observando muy al detalle, sin intentar apartar la mirada como harían la mayoría de los tíos. Pero él no era como la mayoría de ellos. Era una auténtica contradicción.

—Vaya, gracias —contestó con los ojos entornados.

Él no dijo nada mientras entraba en el cuarto de baño con paso decidido y se apoyaba contra el lavabo doble.

El corazón de Madison empezó a latir como loco.

—Eh… ¿Puedo ayudarte en algo?

Cuando él bajó la vista, Madison sintió que una llamarada se propagaba por sus venas al comprender qué estaba mirando: las burbujas que iban disminuyendo con rapidez.

—No estoy seguro —contestó Chase por fin. Luego volvió a mirarla a la cara—. Tenemos que hablar.

—¿En este preciso momento?

—¿Y por qué no?

¿Estaba chalado?

—Por si no te habías dado cuenta, estoy en la bañera.

—Oh, sí que me he dado cuenta —dijo él bajando la voz, con un tono ronco y muy muy sexi.

Y el cuerpo de Madison gritó «tómame ahora mismo». Dios mío, iba a tener que empezar a tomar pastillas o algo así para inhibir el deseo sexual cuando estuviera cerca de él. Dirigió la mirada hacia la toalla situada al otro extremo del baño y suspiró.

—¿Puedes esperar a que termine?

Todavía faltaban unas cuantas horas para la cena, así que el tiempo no era un problema. Sin embargo, el hecho de que ella estuviera en la bañera sí lo era.

—Ya te he visto desnuda, Maddie.

Ella se quedó boquiabierta.

—Para que conste, no me has visto desnuda del todo.

—En realidad sí —repuso él con un brillo en los ojos—. Una vez, cuando tenías unos… cinco años. Ibas correteando por toda la casa en pelotas cuando tuviste varicela.

—Madre mía, ¿por qué te acuerdas de esas cosas?

Decidió que iba a ahogarse allí mismo en la bañera.

—Fue bastante traumatizante —añadió Chase con una media sonrisa.

—Bueno, pues esto también es traumatizante, así que ya estamos en paz. —Puesto que, por lo visto, no pensaba marcharse, Madison amontonó más burbujas sobre sus pechos—. Vale. ¿De qué tenemos que hablar?

—De ti. De mí. De lo que hay entre nosotros.

Lo dijo con tanta naturalidad que, al principio, ella creyó que lo había oído mal.

Pero lo había oído bien.

Madison lo miró fijamente mientras sumergía las manos en el agua. Él pareció quedarse absorto pensado dónde habrían ido a parar sus manos.

—¿Hay algo entre nosotros?

Chase asintió con la cabeza con una expresión indescifrable en la cara.

—En primer lugar, no pretendía… insultarte con lo de no… querer hacer eso contigo. Me expresé mal.

Una inoportuna chispa de esperanza brotó en el pecho de Madison.

—Fingir que no ha pasado nada entre nosotros en las últimas veinticuatro horas es tan estúpido como fingir que no pasó nada hace cuatro años. No podemos seguir fingiendo.

Ella asintió enérgicamente con la cabeza.

—Y creo que es evidente que me atraes. —Cuando Chase bajó de nuevo la mirada, las burbujas casi habían desaparecido. Empezaban a asomar retazos de piel rosada—. Que te deseo.

Madison se quedó sin aliento al mismo tiempo que el corazón le latía desbocado. Vale. Caray. Esto era tan inesperado que no tenía ni idea de qué decir o hacer.

Los ojos de Chase eran como fragmentos de ardiente hielo azul que la hicieron sentir como si se estuviera derritiendo.

—Me tienes obsesionado, aunque he hecho todo lo posible por ignorarlo, porque ceder a ese impulso… está mal.

Lo miró, confundida.

—¿Por qué? ¿Por qué está mal, Chase?

Él se sentó en el borde de la bañera, tan cerca que su presencia la abrumó.

—No es por lo que crees, Maddie.

Ella ya no sabía qué pensar.

—Pues explícamelo.

Chase realizó una breve inspiración y desplazó la mirada hasta donde los pies de ella asomaban en el agua, con las uñas pintadas de rojo carmesí. Pero no contestó.

Madison, que no estaba segura de si esa ausencia de respuesta era algo bueno o no, volvió a sumergir los pies. El agua se estaba enfriando e iba acabar arrugada como un pepinillo si seguía mucho más tiempo en la bañera.

Chase sacudió la cabeza y volvió a esbozar aquella media sonrisa.

—Querer lo que quiero de ti... no saldría bien. Ya conoces mi historial. Sabes... en qué ambiente crecí. Y eres la hermana de Mitch. Esto es como escupirle en la cara.

Madison se quedó atónita.

—No eres tu padre.

Él no dijo nada.

—Y... Mitch confía en ti, pero no le estás faltando al respeto. Esto no tiene nada que ver con él. —Levantó la barbilla y lo miró a los ojos—. Entiendo lo que dices, pero...

—¿Pero? —repitió él alzando las cejas.

Madison inspiró hondo.

—Pero ya somos adultos, Chase. No necesitamos el permiso de mi hermano. Y tú eres el dueño de tu vida.

—No se trata solo de tener el permiso de Mitch.

Madison comprendió entonces que Chase necesitaba que alguien creyera en él, porque el obstáculo no era Mitch, ni siquiera ella. Y, de repente, el comentario que había hecho antes sobre que ella era demasiado buena cobró sentido.

Chase creía de verdad que era demasiado buena para él.

Madison sintió una opresión en el pecho. ¿Acaso Chase no veía lo que veían todos los demás? ¿Que a pesar de todo era un buen tío con principios? ¿Ver cómo su padre trataba mal a su madre podría haberlo afectado hasta tal punto que se creía incapaz de mantener una relación? ¿Ni siquiera con ella, que lo conocía de toda la vida? Tal vez solo le hacía falta un empujoncito para superar ese obstáculo. Y ese empujón tendría que provenir de ella, y tendría que ser drástico.

Tragó saliva, apoyó las manos sobre el borde frío de la bañera de cerámica y se puso de pie. Unos hilitos de agua le bajaron por el cuerpo. Burbujas de jabón se deslizaron por sus muslos. Notó el aire fresco contra la piel caliente, asombrada de lo que acababa de hacer. Permaneció inmóvil, desnuda delante de Chase. Si él la rechazaba ahora, si le ofrecía cualquier excusa, nunca podría superar esa afrenta.

Las fosas nasales de Chase se hincharon mientras se inclinaba hacia atrás, con los puños apretados sobre sus piernas.

—Dios santo…

Aunque se sentía expuesta, se esforzó por mantener los brazos a los costados y dejar que él la mirara cuanto quisiera. Y vaya si la miró. Dondequiera que se posaron los ojos de Chase, ella sintió que la ardiente intensidad de su mirada la enardecía. Un abrasador hormigueo le recorrió la piel. Una calidez la invadió y se acumuló en sus entrañas.

—¿Toalla? —pidió Madison con voz ronca.

Chase se quedó mirándola tanto rato que ella empezó a preguntarse si habría perdido la capacidad de hablar. Y entonces lo vio: el momento en el que él dejó caer sus defensas, y se sintió eufórica.

—No —contestó Chase por fin.

—¿No? —repitió ella con el pulso acelerado.

Chase le apoyó las manos en las caderas. El contacto de su piel sobre la de ella la hizo estremecer. Le permitió que la ayudara a salir de la bañera y no dijo nada cuando la situó entre el espacio que formaban sus piernas abiertas. Aguardó, ofreciéndole su corazón, mientras él se inclinaba hacia adelante y le depositaba un beso tierno en la cadera.

Madison notó que el pecho se le henchía de emoción y una llamarada le recorría todo el cuerpo cuando él deslizó la boca por su vientre plano y le acarició el ombligo con la lengua. Se agarró de sus hombros y echó la cabeza hacia atrás mientras la boca de Chase seguía ascendiendo más... y más.

Sintió que se le doblaban las piernas cuando Chase posó la boca por primera vez sobre su pecho con actitud ardiente y exigente. Sus labios, que eran suaves y firmes a la vez, se entretuvieron allí e hicieron que brotaran leves gemidos de la boca entreabierta de Madison. Chase consiguió con habilidad que su cuerpo se derritiera.

—Abre las piernas para mí —le ordenó.

Ella obedeció, incapaz de controlar su propio cuerpo, y dio un respingo al notar el primer roce de la mano de

Chase entre los muslos. Sus dedos la acariciaron con movimientos suaves y provocadores, llevándola a un estado en el que empezó a mover las caderas contra su mano mientras arqueaba la espalda y le suplicaba más. Y, entonces, él le dio más: le introdujo un dedo y luego dos.

Madison jadeó y le clavó los dedos en la camiseta que llevaba puesta y en la firme piel de los hombros mientras su cuerpo se sacudía. Chase trazó círculos con el pulgar sobre el núcleo de terminaciones nerviosas situado entre los muslos de Madison. Ella sintió que se le tensaban las entrañas y que empezaba a desmoronarse, a hacerse pedazos.

Chase apartó la mano y, antes de que ella pudiera lanzar una exclamación de protesta, le apretó los labios contra la cara interna del muslo. El corazón de Madison se detuvo y luego aceleró el ritmo de forma errática. Hacía tiempo, mucho tiempo, que no le hacían algo tan íntimo.

—Quiero probar tu sabor —gruñó Chase mientras le mordisqueaba el interior del muslo—. Dime que quieres que lo haga. Por favor.

—Sí —contestó ella con un gemido.

Y luego asintió con la cabeza, por si él no lo había captado. Porque, por el amor de Dios, si no lo había captado lo iba a ahogar en la bañera. ¿Y cómo le haría frente a la vergüenza de tener que explicárselo a la policía y a toda la familia?

Chase se puso de rodillas y el primer contacto de su boca casi la desarma. Fue un suave roce con los labios, un beso tierno y casto que empezó despacio y luego se volvió cada vez más intenso a medida que él profundizaba las caricias y deslizaba la lengua a lo largo de su sexo y luego dentro.

Chase hundió la boca en su carne, chupando, tirando y lamiendo hasta que ella arqueó la espalda y gritó su nombre. Madison llegó al límite, se sintió a punto de estallar, y entonces alcanzó el clímax y se elevó muy alto, hasta un lugar donde solo había sensaciones y un calor abrasador. Sin embargo, Chase no se detuvo y siguió devorándola mientras ella volvía a experimentar otro orgasmo devastador y de sus labios brotaban gritos roncos al mismo tiempo que su cuerpo se sacudía.

Cuando Madison volvió en sí, él se había sentado de nuevo en el borde de la bañera y la sostenía en su regazo. Chase tenía la mejilla apoyada contra su hombro y le trazaba suaves círculos con calma en la parte baja de la espalda, siguiendo la curva de su columna.

Madison no protestó cuando él se echó hacia atrás y la miró con sus brillantes ojos azules entornados. Aquellos hoyuelos aparecieron en su atractivo rostro y ella sintió ganas de besarlos. Sintió ganas de hacer todo tipo de cosas. Empezando por devolverle el favor a Chase…

Bajó la mano, con el objetivo de acariciarle el pene, pero él la detuvo.

—Todavía tenemos que hablar —dijo Chase, que le apretó de nuevo las caderas con los dedos mientras la ponía de pie.

¿Hablar? Madison no se veía capaz de formar una frase coherente. Unas gotitas de agua salieron disparadas de su pelo empapado cuando negó con la cabeza.

Chase soltó una risita mientras se ponía de pie. Alargó la mano para coger la toalla situada detrás de Madison y luego la secó despacio y con cuidado antes de envolverle la enorme toalla alrededor de los pechos.

—Ahora —dijo mientras le depositaba un beso en la frente—, ya puedo concentrarme.

Madison se quedó mirándolo, preguntándose si de verdad la situación lo afectaba teniendo en cuenta que podía manejar el deseo de ella con tanta facilidad sin buscar placer para sí mismo. Empezó a sentir un atisbo de inquietud en el vientre, lo cual no era una sensación nada agradable después de algo tan abrumadoramente maravilloso.

—Bueno, pues yo no puedo concentrarme.

Chase la tomó de la mano y la condujo desde el cuarto de baño hasta la cama. Madison se sentó, aferrando el borde de la toalla. Volvía a sentirse muy insegura de todo. Sobre todo porque él mantenía sus emociones bajo control y tenía el rostro inexpresivo, aunque sus ojos…

Chase se situó delante de ella con las piernas separadas, adoptando una postura imponente y dominante.

—Te deseo.

«Soy tuya», quiso decir Madison. En cambio, contestó:

—Creo que eso ya ha quedado claro.

A él se le curvaron las comisuras de los labios hacia arriba.

—Y tú me deseas a mí.

—Otro hecho evidente. —«Demasiado evidente, en realidad». Pero no hacía falta comentarlo—. ¿Adónde lleva esta conversación?

Porque Madison quería concluirla, desnudar a Chase y hacer por fin con él lo que siempre había deseado. Era curioso que en sus fantasías nunca hubiera una cama con forma de corazón, pero no le importaba improvisar.

—Y te tengo cariño. Mucho. —Chase se arrodilló delante de ella y la miró a los ojos—. Así que solo hay una opción.

La esperanza cobró vida de nuevo dentro de Madison, aleteándole en las entrañas como una mariposa hiperactiva. Tenerle cariño a alguien no significaba estar enamorado de esa persona, pero Chase no era la clase de hombre que proclamaría a los cuatro vientos su devoción eterna, sobre todo con sus problemas paternos. Pero Madison decidió que esto era un paso en la dirección correcta. No podía estar más de acuerdo en que solo había una opción: dejarse de gilipolleces y estar juntos. Enfrentarse a su hermano, admitir que sentían algo el uno por el otro y lidiar con ello. Si estaban juntos, estaba segura de que podría demostrarle a Chase que no se parecía en nada a su padre. Que se merecía ser feliz. Luego podrían descubrir por fin si de verdad les aguardaba un final de cuento de hadas. Y, por supuesto, también les esperaba un montón de sexo en un futuro próximo.

—Estoy de acuerdo —contestó, intentando contener una sonrisita tonta que la haría parecer una lela.

—Bien. Genial. —A Chase se le relajaron los hombros—. Porque esto es lo que ambos necesitamos.

Dios mío, esto era justo lo que Madison necesitaba... Lo necesitaba a él.

Chase sonrió.

—Y, en cuanto lo hagamos, todo... volverá a la normalidad. Se habrá acabado.

Madison empezó a asentir con la cabeza, porque seguía convencida de que su fantasía se estaba haciendo realidad; pero, poco a poco, asimiló lo que él acababa de decir. Un mal presentimiento hizo que un escalofrío le recorriera la piel.

—¿A qué te refieres?

—A acostarnos —le explicó Chase mientras se incorporaba y se inclinaba hacia delante para apoyar las manos a ambos lados de los muslos de Madison, aprisionándola—. Lo hacemos y nos lo quitamos de encima. Porque es evidente que las cosas no podrán volver a la normalidad entre nosotros hasta que lo hagamos.

Aquel horrible escalofrío se le filtró en la piel, dejándola entumecida.

—¿Volver a la normalidad?

—Sí, para que todo sea como antes. Podremos volver a ser amigos. —Cuando Chase le apoyó una mano en el hombro, ella dio un respingo. Él frunció el ceño—. Como si no hubiera pasado nada.

A Madison le estaba costando asimilar aquellas palabras. ¿Cuánto tiempo llevaba esperando oírle admitir que le tenía cariño, que la deseaba? ¿Y ahora… se encontraba con esta coletilla, como si fuera un funesto aviso legal?

Una dolorosa punzada le atravesó el pecho.

Chase le rodeó la nuca con la mano y le hizo inclinar la cabeza hacia atrás. A continuación, la besó debajo de la barbilla. A Madison aquel gesto le pareció tan dulce y tierno que se le llenaron los ojos de lágrimas.

Porque, en realidad, ese gesto no significaba nada.

—Di algo, Maddie —le pidió mientras la soltaba y volvía a colocarse en cuclillas.

Ella no estaba segura de ser capaz de decir nada. Tenía un nudo en la garganta que iba ascendiendo con rapidez. Se sentía magullada para sus adentros y, cuando habló, su voz sonó ronca.

—Así que… ¿ese es el remedio mágico? ¿Acostarnos para pasar página?

—Yo no lo llamaría un remedio mágico —contestó él, ladeando la cabeza—. Pero es algo, ¿no?

Desde luego que era algo, pero, por mucho que deseara a Chase, eso no sería suficiente para ella. Y le dolió una barbaridad comprenderlo. No, lo que sintió iba más allá del dolor. Fue como si la abrieran en canal.

—Vaya —murmuró, estupefacta—. ¿Cómo podría rechazar una proposición tan romántica?

Chase apretó los labios.

—No hace falta que te lo tomes con sarcasmo.

Ella soltó una carcajada, pero sonó endeble.

—¿Y cómo se supone que debería tomármelo, Chase?

Él se puso de pie y retrocedió un paso, sacudiendo la cabeza.

—Maddie…

—Déjame ver si lo he entendido bien —dijo Madison, poniéndose de pie. Las piernas estuvieron a punto de fallarle. Acortó la distancia que los separaba mientras la mano libre le temblaba y luego se detuvo—. Te preocupa faltarle al respeto a Mitch al estar conmigo y no quieres tratarme como tu padre trataba a tu madre. Pero de algún modo, en tu mente, ¿acostarte conmigo para pasar página es menos ofensivo?

Chase abrió la boca, pero no dijo nada. Tal vez acababa de comprender que había metido la pata, pero daba igual. Ya era demasiado tarde.

Madison esbozó una sonrisa forzada al mismo tiempo que su estúpido corazón se partía en mil pedazos.

—Y, aunque en algún retorcido universo paralelo eso os pareciera bien a mi hermano y a ti, a mí nunca me lo parecería.

Y, entonces, Madison hizo algo que no había hecho en toda su vida.

Le asestó una bofetada a Chase.

Capítulo ocho

Vaya, las cosas no habían salido como las había planeado. Aunque, en realidad, Chase no tenía ningún plan. Más de una hora después, todavía le ardía un montón la mejilla y le pitaban los oídos debido al portazo que Madison le dio en las narices cuando se encerró en el cuarto de baño.

Dios mío, lo había jodido todo a lo grande.

Mientras permanecía sentado en el sofá, preguntándose cómo rayos podría arreglar esto, oyó el agua corriendo dentro del baño y supo que Maddie no se estaba dando otra ducha.

Era demasiado orgullosa.

Había abierto el grifo para ocultar que estaba llorando.

Joder. Lo último que Chase quería era hacerle daño, pero lo había hecho. Se sentía como un auténtico hijo de puta.

Al cabo de un rato, ella salió por fin del baño, con los ojos hinchados pero el rostro limpio. Pasó a su lado con aire decidido, luciendo otro bonito vestidito que hacía juego con los destellos verdes de sus ojos, y salió del bungaló sin mediar palabra y manteniendo la espalda muy recta de una forma poco natural.

Chase quiso detenerla (incluso se había acercado a la puerta del baño varias veces), pero no dijo nada; porque, en realidad, ¿qué podría decirle ahora? ¿Cómo podría arreglar esto? Debería haber mantenido la boca cerrada y dejarlo estar.

Cuando se levantó del sofá y se puso un pantalón oscuro y una camisa de tela ligera para la cena de gala, ya iba con unos cuantos minutos de retraso.

Casi todos habían llegado ya cuando Chase entró por fin en el comedor situado en el edificio principal. Mitch y Lissa estaban sentados en la cabecera de la mesa, uno al lado del otro, cogidos de la mano. A cada lado, estaban sus respectivos padres y luego… la comitiva nupcial.

Maddie permanecía sentada con una pierna cruzada con recato sobre la otra, las manos unidas en el regazo y la espalda todavía muy recta. La silla que había a su lado estaba vacía.

Los asientos estaban asignados.

Chase enderezó la espalda y se dirigió a su sitio mientras respondía a varios saludos con un gesto de la cabeza.

Maddie no lo miró ni dijo ni una palabra.

Chase la miró por el rabillo del ojo. Comprobó que tenía la mandíbula tensa y los labios apretados.

Frente a él, Chad se puso de pie con una copa de vino en la mano.

—Ahora que ya estamos todos, es hora de hacer un brindis.

—Y, con suerte, comer algo —contestó Mitch sonriendo. Cuando Lissa le dio un golpecito de broma en el brazo, él soltó una carcajada—. Sigue, Chad.

Chad carraspeó con aire melodramático. La mitad de

los presentes se inclinaron hacia delante, deseando oír qué iba a decir. Tratándose de él, cualquiera sabía.

—Creo que todos coincidiremos en que a nadie le sorprende que estemos hoy aquí —comenzó, alzando su copa en el aire—. Cuando Mitch conoció a Lissa, todos supimos que lo habían domado.

Se oyeron carcajadas y, en la cabecera de la mesa, Mitch se encogió de hombros, aceptando que era cierto. Aunque habían empezado siendo amigos, siempre fue evidente que Mitch estaba loco por aquella rubia tan guapa.

La mirada de Chase se encontró con la de su hermano mayor. Chandler enarcó una ceja y luego miró a Maddie.

—La mayoría de nosotros apostamos sobre cuánto tardaría Mitch en invitarla a salir. —Chad sonrió de oreja a oreja al ver la expresión de sorpresa de Lissa—. Pues sí, yo dije una semana. Chandler opinó que dos semanas y el bueno de Chase dijo mes y medio.

Lissa soltó una exclamación ahogada y luego se le dibujó una amplia sonrisa.

—Mitch me invitó a salir unos dos meses después de conocernos. —Se giró hacia Chase sin dejar de sonreír—. Ganaste tú.

Él se encogió de hombros mientras toqueteaba el pie de su copa. Aunque muchas miradas y sonrisas se posaron en él, Maddie mantuvo la vista al frente.

—Dejando de lado la apuesta —prosiguió Chad—, todos sabíamos que Lissa y Mitch estaban hechos el uno para el otro. No podría existir una pareja mejor. Así que… ¡felicidades!

Las copas se alzaron y un estruendo de voces animadas llenó la sala. A Chase le sorprendió que su hermano se hubiera comportado más o menos bien durante el discurso. Luego le tocó a él. Como padrino principal, tenía el deber de humillar a su amigo; pero, al igual que Chad, optó por algo simple, breve y dulce.

Sirvieron la comida y la cena se desarrolló como debería, en general. A su alrededor, todos estaban celebrando la unión de dos personas que se lo merecían, pero ¿y él? Chase se alegraba muchísimo por ellos, pero…

Le echó un vistazo a Maddie, que estaba hablando con una de las damas de honor.

Era un gilipollas. No podía negarlo y, en el fondo de su ser, sabía que ella no le perdonaría nunca haberle hecho esa oferta. Y con razón. Equivalía a ofrecerle dinero a cambio de sexo. Había sido peor que cualquier cosa que hubiera hecho su padre.

Chase apartó el plato, pues había perdido el apetito, e intentó prestarle atención a lo que estaba diciendo uno de sus amigos de la universidad. Pero se dio cuenta de que Maddie no probó el vino. Por lo menos, no volvería a ponerse a bailar con aquel cretino.

Lo invadió una actitud posesiva al recordar cómo le colocó las manos en las caderas para ayudarla a bajar del banco. Ese tío no tenía derecho a tocarla.

Chase inhaló con brusquedad.

Joder, él era el que no tenía derecho a tocarla.

Cuando la cena terminó, los asistentes se dividieron en pequeños grupos y Chase no pudo evitar fijarse en que Maddie se dirigió directa hacia su hermano y su familia. Notó una opresión en el pecho, un peso repentino que le dificultaba respirar.

Era consciente de que debía arreglar las cosas, pero no

estaba seguro de poder hacerlo, así que su estado de ánimo pasó de abatido a hecho una mierda. Algo que no mejoró cuando Chad se dirigió hacia él con aire despreocupado y le dejó caer un brazo sobre los hombros.

—Hermanito —le dijo—. Tienes esa cara otra vez.

Chase se liberó con tranquilidad del brazo de su hermano, pero aceptó la cerveza que le ofreció con la otra mano.

—¿Qué cara?

—La misma cara que pusiste antes de darle una paliza a Rick Summers por ponerse demasiado cariñoso con Maddie esa noche dentro del coche.

A Chase no le gustó el rumbo que estaba tomando esta conversación.

—Es la misma cara que pusiste cuando Maddie estaba en primero en la universidad y un tío de tu clase de Economía dijo que le apetecía tocar ese culito.

Aquel músculo empezó a palpitarle en la mandíbula. Chad era el único que sabía eso. Porque lo había presenciado. Chase se cabreó de nuevo al recordar a aquel capullo y las gilipolleces que había dicho.

—Y es la misma cara que pusiste anoche cuando ella estaba bailando con aquel tío —prosiguió Chad, que sonrió cuando Chase lo fulminó con la mirada—. Sí, me fijé. Y te has pasado toda la cena ahí sentado, como si alguien hubiera lanzado a tu cachorrito en medio del tráfico, te hubiera quemado los tres bares y luego te hubiera meado en la cara y metido una enorme…

—Ya lo pillo —lo interrumpió con una risa seca.

—Ni siquiera sonreíste durante mi brindis.

Chase puso los ojos en blanco.

—Y por cierto… —añadió Chad un momento después—. ¿Qué le has hecho a Maddie? Porque ella tenía la misma cara durante la cena.

—Esto no tiene nada que ver con Maddie. —Chase se bebió media cerveza de un trago—. Y no quiero hablar de ello.

Chad negó con la cabeza e hizo caso omiso de las palabras de su hermano.

—Siempre tiene que ver con ella.

Chase se quedó petrificado, con la mirada clavada en la botella de cerveza.

—¿Es tan evidente? —preguntó con voz ahogada.

Pensó que Chad se iba a burlar de él, pero su hermano no dijo ni una palabra.

—Sí, es muy evidente —contestó Chad por fin—. Siempre lo ha sido.

—Genial.

Chad sonrió entonces.

—Bueno, ¿qué ha pasado?

Chase tomó otro largo trago de cerveza y luego le contó una versión resumida y no demasiado explícita de lo sucedido. Como era de esperar, su hermano lo miró como si fuera un completo idiota.

—No me puedo creer que le ofrecieras eso. —Chad soltó una carcajada mientras sacudía la cabeza—. ¿Qué esperabas? ¿Que aceptara encantada?

Para ser sincero, al repasar lo ocurrido, Chase no estaba seguro de qué rayos había esperado. Entre el incidente en la bodega y verla en la bañera, tan absurdamente sexi rodeada de burbujas, fue lo mejor que se le ocurrió.

—No sé en qué estaba pensado —admitió mientras se pasaba una mano por el pelo.

—Ese es el problema —opinó Chad—. Lo pensaste demasiado.

Chase frunció el ceño.

—Eso no tiene ningún sentido.

—No lo pillas. Le estás dando demasiadas vueltas a todo este asunto cuando lo que deberías hacer es obedecer a tu corazón.

Chase soltó una carcajada.

—Caray, ¿has estado viendo muchas reposiciones de *Oprah*?

—Cierra el pico —le soltó Chad mientras estiraba los brazos por encima de la cabeza.

Era evidente que odiaba llevar ropa formal. Mientras que Chase prefería la ropa más elegante, Chad solo se sentía cómodo en vaqueros.

Su hermano sonrió con descaro.

—Vale, ¿y qué tal si empiezas a pensar con lo que tienes entre las piernas? En cualquier caso, la excusa de Mitch es una gilipollez. Ya sabes que no se opondría a que salieras con Maddie. A menos que solo te interese echar un polvo. Y, oye, es comprensible, porque Maddie está…

—Como termines esa frase, te meto esta botella por el culo —le advirtió Chase.

Chad echó la cabeza hacia atrás y soltó una carcajada.

—Sí, me lo imaginaba, no buscas un lío de una noche, así que dudo que Mitch se opusiera.

—Déjame hacerte una pregunta. Si tuviéramos una hermana, ¿cómo te sentirías si uno de nuestros amigos intentara ligar con ella?

—No es un buen ejemplo. —Chad se cruzó de brazos mientras observaba con los ojos entornados a una de las guapas damas de honor—. Nuestros amigos son un asco.

Chase resopló.

Su hermano se quedó callado de nuevo, algo extraño en él. Transcurrieron varios segundos.

—Los tres estamos bastante jodidos, hermano.

—No me digas.

Chad soltó una risa amarga.

—Vimos a nuestro padre hacerle muchas putadas a nuestra mamá. Siempre fue un capullo. Pero ¿sabes qué es lo peor? Que seguimos permitiéndole jodernos la vida, y ya ni siquiera está aquí.

Una parte de Chase quiso negarlo, pero no podía mentir a sus hermanos. Ellos eran los únicos que lo entendían.

—Soy como él.

—No te pareces en nada a él —sentenció Chad con firmeza—. Pero te obligas a ser como él. Y no sé por qué. Es como una retorcida profecía que provoca su propio cumplimiento.

—Ya estás otra vez con esas chorradas de *Oprah*.

—Cierra el pico, imbécil. Hablo en serio. —Chad le apoyó una mano en el hombro—. De los tres, tú eres el mejor, y ni siquiera te molestes en negarlo. Has querido estar con Maddie toda tu vida. Ella es lo único que te ha mantenido centrado y, por algún motivo, siempre la apartas de ti.

Esta conversación estaba empezando a dejar de ser una charla de tíos. Sobre todo porque empezaba a tener sentido.

—Ya basta…

—Todavía no he terminado. Óyeme bien, hermano. No

eres nuestro padre. Tú nunca tratarías a Maddie como él trató a mamá. Caray, incluso tratas mejor a esas mujeres con las que sales. En todo caso, ellas son la prueba de que no eres como él.

—¿Qué lógica de mierda es esa?

Chad le dirigió una mirada de complicidad.

—No le das falsas esperanzas a ninguna de ellas. No les mientes. No te pavoneas con tus fulanas ante la cara de tu mujer.

Chase sintió una punzada de miedo, auténtico miedo, en las entrañas. ¿Y si acababa haciendo eso? Nunca se lo perdonaría a sí mismo.

—No estoy casado. Ese podría ser el motivo.

—Nunca le harías eso a Maddie —sentenció su hermano—. ¿Sabes por qué?

—Apuesto a que me lo vas a decir.

Chad apuró la cerveza de un largo trago.

—Porque tú cuentas con algo que nuestro padre nunca tuvo: la capacidad de amar. Y quieres demasiado a Maddie para hacerle eso.

Chase abrió la boca para negarlo, pero no le salieron las palabras.

Su hermano empezó a alejarse, con las cejas enarcadas.

—No vas a corromperla, hermano. No vas a joderle la vida. Me parece que el problema es que infravaloras a la gente, y a ti mismo al que más.

* * *

Madison se planteó como una buena opción acampar en el suelo del bungaló de sus padres, pero el tema de la segunda luna de miel le dio repelús. La mayoría de los asistentes a la boda tenían pareja, menos Sasha, que era una amiga de Lissa de Maryland; aunque, por lo visto, ella iba a pasar la velada con Chad.

Así que solo le quedó la opción de la tía abuela Bertha, y ni de coña iba a quedarse con ella.

«Además —se dijo mientras entraba en el oscuro bungaló vacío—, ya no soy una adolescente». No huiría de Chase. Daba igual que le hubiera ofrecido de nuevo su corazón y él lo hubiera lanzado al suelo y pisoteado. Solo tenía que aguantar esta noche y mañana, y luego dispondría de su propio bungaló durante el resto del fin de semana.

Se cambió de ropa con rapidez y se puso la camiseta que Chase le había prestado la noche anterior. Experimentó una punzada en el pecho al recordar lo tierno que se había mostrado.

Tierno y sexi, pero no significaba nada.

Lo único que Chase quería era acostarse con ella para poder pasar página.

Qué capullo.

Le temblaron las manos cuando abrió los grifos. Permanecer sentada a su lado la mayor parte de la noche había supuesto una auténtica tortura. Varias veces, sintió el impulso de girarse y decirle algo… lo que fuera. O coger el vaso de agua y lanzárselo a la cara. Eso último la habría hecho sentir mejor, un rato al menos.

Pero no había nada que decir y, después de este fin de semana, Madison retomaría su vida y se olvidaría por fin de Chase Gamble.

Se lavó la cara, se recogió el largo pelo en una coleta, fue hasta la cama y se metió debajo de las mantas. Esta noche no se sentía culpable porque él tuviera que dormir en aquel sofá que parecía salido de los años sesenta. Se lo tenía merecido.

Madison se colocó de costado, dándole la espalda a la puerta, y cerró los ojos con fuerza. Repasó en su cabeza los correos electrónicos que tendría que contestar y las llamadas que tendría que hacer cuando regresara al trabajo la próxima semana intentando quedarse dormida de aburrimiento antes de que Chase regresara.

No tuvo suerte.

La luna estaba en lo alto del cielo y su luz pálida se colaba entre las contraventanas de madera cuando la puerta se abrió con un chirrido y los pasos de Chase interrumpieron el silencio.

—¿Maddie?

Ella contuvo la respiración mientras se hacía la dormida. «Menuda forma de comportarme como una adulta».

Los pasos se acercaron y luego la cama se hundió bajo el peso de Chase cuando se sentó. El silencio se prolongó, tan crispado y tenso como los nervios de Madison. ¿Qué se proponía Chase? Casi le dio miedo averiguarlo.

El profundo suspiro que brotó de él eclipsó los fuertes latidos del corazón de Madison. Un segundo después, notó que le apartaba unos mechones de pelo de la mejilla, rozándola apenas con las puntas de los dedos, y se los colocaba detrás de la oreja.

—Lo siento —susurró, pero ella lo oyó—. Siento todo lo que ha pasado.

A Madison se le cortó la respiración, lo que le recordó que sí estaba respirando después de todo. No estaba segura de lo que debería significar esta disculpa. ¿Debería arreglarlo todo? ¿Debería permanecer allí entre ellos como una especie de bandera blanca para que existiera la posibilidad de que pudieran ser amigos en el futuro... porque no existía un futuro sin Chase, pasara lo que pasase?

Y, además, no estaba segura de quién tenía más culpa de que se hubiera producido esta catástrofe. Chase no era inocente, por supuesto; pero ella (y los sentimientos que había involucrado en este asunto) era quien lo había complicado todo.

Madison apretó los ojos para contener las lágrimas y mantuvo la boca cerrada.

Chase permaneció sobre ella unos segundos más y luego la cama se movió cuando hizo ademán de levantarse. Madison no fue capaz de seguir callada y fingir que esto no estaba pasando, así que se tumbó de espaldas.

—¿Chase?

Él se quedó inmóvil, con una mano apoyada en las mantas, junto a la cadera de Madison. En la penumbra, sus ojos parecían negros y sus facciones tenían un aspecto descarnado, sorprendentemente abierto y vulnerable.

Madison no sabía qué hacer. Su cuerpo batallaba con su corazón y su mente. Además, desde que era niña, le costaba muchísimo controlar sus impulsos.

Levantó una mano y la apoyó contra la suave mandíbula de Chase. En lugar de apartarse, él apretó la mejilla contra su mano y cerró los ojos.

—Ha sido una boda inolvidable, ¿eh? —dijo Chase y ella notó que su mejilla se elevaba contra su mano cuando esbozó una pequeña sonrisa—. Y ni siquiera ha habido una boda todavía.

Entonces, cubrió la mano de ella con la suya y se la llevó despacio a los labios. Cuando le depositó un beso en la palma de la mano, el corazón de Madison dio un brinco.

—Lo siento, Maddie. Lo digo en serio. No sé en qué rayos estaba pensando para decirte eso antes. No quiero pasar página.

Madison le rodeó los dedos con los suyos. La invadió la confusión.

—No... no lo entiendo.

Chase inspiró hondo.

—Ni yo mismo sé qué pensar. Chad me soltó un montón de gilipolleces sacadas de *Oprah* y algunas cosas tenían sentido... aunque parezca una locura.

—¿Qué?

Chase esbozó una leve sonrisa y luego la miró a los ojos.

—Te deseo. Por completo.

A Madison se le cortó la respiración. La esperanza volvió a hacer acto de presencia, palpitando en su interior. Con Chase, todo era como una montaña rusa: arriba, abajo, arriba, abajo...

—Ya has dicho eso antes.

—Y lo dije en serio.

La confusión seguía agitándose dentro de Madison, pero su corazón tomó el mando y le hizo más sitio a Chase. Su destino quedó casi decidido del todo cuando sus labios pronunciaron las siguientes palabras:

—¿Te quedas?

Chase vaciló. Su cuerpo se quedó tan inmóvil y rígido que Madison pudo percibir la tensión que brotaba de él. Entonces, se puso en movimiento de golpe y procedió a quitarse los zapatos al mismo tiempo que se desabotonaba la camisa. La prenda flotó hasta el suelo como si fuera una bandera blanca.

Madison notó el corazón en la garganta mientras recorría con la mirada aquel amplio pecho musculoso y las ondulaciones de los firmes abdominales. Chase era magnífico, parecía salido de sus fantasías. A la pálida luz de la luna, en medio de la penumbra del bungaló, Madison dejó de lado sus dudas y miedos. Se centró en lo que siempre la había acompañado a lo largo de toda su vida: su amor por Chase.

Y, en un instante, se convenció de que este era el punto de inflexión que había ido forjándose durante años. No habría vuelta atrás. Y, si ella no podía demostrar que Chase no era como su padre, nadie podría hacerlo.

Él se tumbó de costado, frente a ella, dejando muy poco espacio entre ambos. Ninguno de los dos dijo nada mientras Madison se giraba hacia él de modo que apenas unos centímetros separaban sus rostros y cuerpos.

Chase le colocó una mano en la mejilla despacio y con gesto vacilante. Deslizó los dedos por su cara hasta llegar a los labios entreabiertos. Ella notó aquella ligera caricia en cada célula de su cuerpo y la respuesta fue inmediata y arrolladora.

Los dedos de Chase le bajaron por el cuello hasta el borde de la camiseta de algodón. Se le dibujó una pequeña sonrisa en los labios.

—¿Sabes que verte con mi ropa me excita muchísimo? —Introdujo los dedos bajo el cuello de la prenda y, cuando le acarició las clavículas, ella sintió que se le enroscaban los dedos de los pies—. No sé por qué, pero es así.

Madison se preguntó si opinaba lo mismo cuando se

quitaba dicha ropa. Entonces, recordó la dura erección que había notado presionando contra ella en el cuarto de baño y dio por hecho que sí.

—¿Qué vamos a hacer, Maddie? —le preguntó con voz profunda y ronca.

Madison tragó saliva mientras su cuerpo se aliaba con su corazón y tomaba la decisión por ella. Antes de ser consciente de lo que hacía, su cuerpo se movió hacia el de él.

Se colocó de rodillas, apoyó ambas manos en los hombros de Chase y lo empujó hasta tumbarlo de espaldas. Entonces, se colocó a horcajadas sobre sus caderas y contuvo un gemido al notar la erección que tensaba la elegante tela del pantalón, presionando de forma tan sexi contra la unión de sus muslos.

—Hazme el amor —susurró Madison—. Por favor.

Chase se quedó inmóvil y luego alzó sus densas pestañas para apresarla con su mirada. No contestó, sino que le colocó las manos en los muslos y las fue subiendo hasta llegar al dobladillo de la camiseta. Apretó la tela con los dedos. Se produjo una pausa, un momento en el que el único movimiento provino de los frenéticos latidos del corazón de Madison, y luego Chase le levantó la camiseta.

Y esa fue su respuesta.

Cuando la prenda prestada se reunió con la camisa en el suelo, Madison ya había fundido su boca con la de él mientras el cuerpo grande y cálido de Chase permanecía debajo de ella. Aquel beso no fue suave ni tierno. Fue profundo y abrasador, el resultado de años de deseo reprimido por parte de ambos. Los labios de Chase devoraron los gemidos entrecortados que brotaron de ella cuando le apoyó una mano en la parte baja de la espalda y la empujó contra su pecho. Los sentidos de Madison se sobrecargaron al notar la piel de Chase pegada a la suya. Él la besaba como si estuviera famélico, como si lo dominara la necesidad… la necesidad de poseerla. Madison se aferró a sus hombros mientras él se apoderaba de su boca.

Chase le hundió una mano en el pelo y susurró contra sus labios hinchados:

—Si vamos a parar, tiene que ser ya. ¿Entendido?

Madison se estremeció cuando él le mordisqueó el labio inferior.

—No quiero parar. Nunca. ¿Entendido?

Él se quedó inmóvil de nuevo y luego soltó un gruñido casi salvaje al mismo tiempo que se movía tan rápido que, en un instante, la tumbó de espaldas, abierta y vulnerable ante él, y se situó encima de ella. Una expresión de concentración se reflejó en sus atractivas facciones, enfatizando sus labios carnosos.

Entonces, Chase se lanzó sobre ella. Su boca se cerró sobre la punta de un pecho a la vez que se desabrochaba a toda prisa los pantalones y se bajaba la cremallera. Madison soltó un grito estrangulado mientras arqueaba la espalda, separándose del colchón.

Cuando estuvieron piel contra piel y Madison notó la ardiente y dura erección contra el muslo, se aferró a los brazos de Chase y le repartió una lluvia de besos por la cara y el cuello.

Chase la agarró por la barbilla y la mantuvo inmóvil mientras su boca devoraba de nuevo la de ella hasta que Madison empezó a retorcerse y agitarse debajo de él. Chase tenía el control. Una parte de ella no habría querido que fuera de otro modo.

La realidad logró abrirse paso por un instante y Madison le apoyó una mano en el pecho.

—Estoy tomando la píldora, pero…

—Yo me encargo —contestó él mientras una sonrisa irónica se dibujó en sus labios.

Chase se apartó de ella y rebuscó un momento en su maleta antes de regresar con un paquetito en la mano.

—¿Tenías pensado echar un polvo este fin de semana? —le preguntó enarcando una ceja.

—Pues no —admitió él—. Pero siempre llevo alguno.

Madison no tuvo tiempo de sentirse celosa porque bajó la mirada y se le contrajo el vientre mientras lo observaba colocarse el condón sobre el grueso pene. Entonces, Chase volvió a besarla y la hizo tumbarse mientras se estiraba sobre ella.

Deslizó las manos por el musculoso vientre de Chase, maravillada ante la potencia de su cuerpo, y le rodeó las estrechas caderas. Su piel era como acero recubierto de seda. Pura perfección.

Pudo percibir el sabor de Chase en los labios cuando los besos se volvieron más lentos y tiernos y, entonces, lo notó muy caliente en la entrada a su cuerpo. Madison agitó las caderas y gimió al sentirlo allí, cerca pero no lo suficiente. Estaba lista, lo estaba desde hacía una eternidad.

Chase se apoyó en los codos y la miró. Sus ardientes ojos, de un brillante tono azul zafiro, se clavaron en los de ella de una forma penetrante e intensa.

—No pares —susurró Madison—. Quiero sentirte dentro de mí.

—Ya no podría parar ni aunque quisiera. —Chase la besó con la misma pasión y el anhelo que Madison sentía desde hacía tanto tiempo—. Necesito hacer esto. Dios santo, cuánto te necesito.

Y, entonces, la penetró con una profunda embestida. Madison dejó escapar un grito al sentirlo estirándola y llenándola. Ninguna de sus fantasías, ninguno de los hombres con los que había estado en el pasado, podían compararse con esto, porque esto... esto la hizo sentir completa. Chase se quedó quieto, hundido en ella. Levantó una mano para apartarle el pelo húmedo de la frente.

—Estás tan prieta... —Su voz sonó gutural, casi animal—. ¿Estás bien?

Madison asintió con la cabeza y luego le rodeó las caderas con las piernas. Él echó la cabeza hacia atrás, gimiendo, y luego ella levantó las caderas. A Chase le sobresalieron las venas del cuello, al igual que las de los brazos. Y, entonces, empezó a moverse a un ritmo lento y lánguido que la volvió loca. La fricción de sus cuerpos al moverse al unísono y los sonidos que interrumpían el silencio del bungaló acentuaron el placer que Madison estaba sintiendo.

Estaba perdida... Completamente perdida.

Durante un buen rato, Chase se contuvo mientras ella gritaba pidiendo más y, cuando por fin le dio lo que pedía, Madison soltó una exclamación ahogada mientras él le sujetaba las muñecas con las manos para mantenerla inmóvil. Chase empujó con fuerza y ella alzó las caderas para ir a su encuentro.

La presión fue aumentando dentro de Madison y una descarga eléctrica le recorrió las venas como si fuera un relámpago cautivo. Las sensaciones eran demasiado grandes... demasiado intensas. Echó la cabeza hacia atrás mientras le temblaba todo el cuerpo.

—Córrete para mí —susurró Chase contra su cuello—. Déjate ir.

Y eso hizo. Madison se desmoronó y se hizo pedazos alrededor de Chase mientras gritaba su nombre. Tras dos rápidas y bruscas embestidas, sintió que él también llegaba al orgasmo. Su enorme cuerpo se sacudió sobre el de ella mientras los efectos del clímax lo hacían estremecer.

Cuando todo terminó, Chase salió de ella y se tumbó de espaldas al mismo tiempo que la arrimaba a él. Madison apoyó la mejilla sobre su pecho, donde le martilleaba el corazón. A los dos les costaba respirar.

Madison nunca había experimentado nada igual, y supo que nunca volvería a sentirlo. Había sido perfecto.

Cerró los ojos. Era muy probable que se arrepintiera de esto a la fría luz del día o dentro de unas semanas, puede que incluso de unos meses. Pero, dentro de unos años, podría volver la vista atrás y apreciar el hecho de haber estado con Chase, aunque solo fuera una noche.

Capítulo nueve

Madison se estiró con pereza y sonrió al notar un agradable ardor en los músculos. La noche anterior, sí... era probable que hubiera sido la mejor noche de su vida. Sin exagerar. Después de que Chase se tomara un momento para recuperarse, la tumbó bocabajo, la hizo ponerse de rodillas y... sí, como había dicho, la mejor noche de su vida. Y el cuerpo empezó a enardecérsele, preparándose para recibirlo de nuevo.

Sin duda, la noche anterior había supuesto un punto de inflexión para ellos. La forma en la que Chase... su forma de hacerle el amor tenía un significado profundo, irrevocable y perfecto. Estaba convencida de ello. De algún modo, habían derribado las barreras que los separaban sin emplear palabras. Seguro que Chase había comprendido que era mucho mejor que su padre y que estaban destinados a estar juntos.

Madison se giró, alargó la mano hacia el cálido cuerpo de Chase y... no encontró nada.

Abrió los ojos de golpe.

El otro lado de la cama estaba vacío, pero todavía se percibía un aroma a bosque y algo salvaje en la almohada y las sábanas revueltas.

Se giró hacia el sofá, pero también estaba vacío. Un intenso mal presentimiento se apoderó de ella mientras se levantaba a toda prisa de la cama, envolviéndose con la sábana. Comprobó el cuarto de baño, pero Chase tampoco estaba allí.

Se había marchado sin decirle nada.

El corazón se le contrajo de forma dolorosa.

Vale. Se estaba comportando como una tonta. Chase podría estar haciendo cualquier cosa. Podría haber ido a buscar el desayuno para ambos o estar dando un paseo para disfrutar del limpio aire matutino.

Madison se acercó con rapidez a la ventana y abrió las persianas. Hizo una mueca ante el resplandor del sol. La terraza estaba vacía. Por lo que podía ver, no había ni rastro de Chase. Se dio la vuelta y se estremeció al posar la mirada en la cama. Él no la habría abandonado, y mucho menos después de una noche como aquella. Era imposible, porque eso... eso sería pasar página. Sería conseguir lo que querías y luego largarte, como hacían los tíos con los ligues de una noche.

Esto no había sido un ligue de una noche.

Dirigió la mirada de nuevo hacia el sofá, luego hacia su propia maleta situada junto al pequeño armario y después... Sus ojos regresaron de golpe a la maleta.

Una sensación gélida se le propagó por las entrañas.

La maleta de Chase no estaba.

Cruzó la habitación, con el corazón martilleándole dentro del pecho, y abrió la puerta del armario. Dentro había colgados dos de sus vestidos y el de dama de honor, pero todas las cosas de Chase (su esmoquin y las camisas) ya no estaban. Ni tampoco sus zapatos. Y Madison estuvo segura de que, si comprobaba el cuarto de baño, tampoco habría cosas suyas allí.

Se quedó allí de pie, delante del armario, hasta que se dio cuenta de que estaba temblando.

Chase lo había hecho.

La había abandonado.

Aturdida y presa de un espantoso entumecimiento, Madison regresó a la cama y se sentó en el borde. Le dolía la garganta y le ardían los ojos, pero contuvo sus emociones y las hizo a un lado. Los minutos se transformaron en una hora y Chase siguió sin aparecer.

La había abandonado de verdad.

A su cerebro le costaba aceptarlo, pero las pruebas eran claras. Era una tonta. Anoche había cedido a los deseos de su cuerpo y su corazón, y el tiro le había salido por la culata.

Tal vez debería haberle hecho caso a Chase. Él ya se lo había advertido… se lo había advertido desde el principio. Le había dicho que era como su padre, y lo había demostrado.

Y la había destrozado en el proceso.

* * *

Chase estaba a punto de estrangular al recepcionista cuando le entregó por fin la llave de uno de los nuevos bungalós. Había tenido que esperar casi media hora mientras limpiaban el bungaló, lo que le hizo retrasarse mucho.

Cuando llevó sus cosas al nuevo bungaló, le echó un vistazo a la cama de matrimonio de aspecto normal y con sábanas de satén. Unas sábanas sobre las que le resultó fácil imaginarse a Maddie tumbada desnuda. Eso le hizo pensar en la noche anterior y se le endureció el pene. Estaba listo para el tercer asalto… y luego el cuarto.

Pero primero tenía que ducharse. Aunque le encantaba el aroma a vainilla (a Maddie) que todavía le impregnaba la piel, no le convenía ir por ahí oliendo como si acabara de acostarse con la hermana pequeña de Mitch.

Lo de la noche anterior había sido maravilloso… Maddie había estado maravillosa. Y esto era más que sexo. Era esa conexión, ese lo que fuera que iba más allá de un orgasmo. Era algo más… algo especial. Algo único en la vida y toda esa mierda. Ninguna de las mujeres con las que había estado le había hecho sentir así y, en ese momento, comprendió que ninguna lo haría.

Ahora era él quien parecía haber estado viendo reposiciones de *Oprah*.

Pero… aquello tenía que significar algo. Y estaba harto de luchar contra la necesidad de averiguar qué era ese «algo». Harto de negarse lo que deseaba de verdad… lo que había deseado desde hacía demasiado tiempo. Maddie era más que la hermana pequeña de Mitch. Más que la niña que lo había seguido a todas partes durante años. Ella lo era todo para él. Y, además, ser el hijo de su padre no era lo único que lo definía; porque, en el fondo de su ser, estaba seguro de que nunca podría hacerle daño a Maddie. Y menos después de lo de anoche.

¿Y acababa de darse cuenta ahora?

Ayer había metido la pata con esa espantosa oferta, pero anoche…

Aquello tenía que suponer un nuevo comienzo.

Chase se dio la ducha más rápida de su vida y luego regresó al edificio principal. Había una floristería diminuta al fondo, donde eligió una docena de rosas. Se las colocó debajo del brazo y luego cogió un trozo de tarta de queso de la pastelería del hotel antes de regresar al «picadero». Tenía la esperanza de que Maddie siguiera dormida. Se le había ocurrido una idea muy interesante para despertarla, haciendo uso de las manos, los dedos y luego la lengua. Tal vez podrían comer un poco de tarta de queso después. Aunque, conociendo a Maddie, era probable que lo arrollara para abalanzarse sobre el postre. Nadie se interponía entre los dulces y ella.

Chase salió del coche moviéndose con rigidez y entró en el bungaló. Su mirada fue directa hacia la cama… que estaba vacía.

—¿Maddie?

Había un silencio extraño en el bungaló. No oyó el agua abierta en la ducha. Nada. Recorrió el lugar con la mirada mientras depositaba las rosas y el trozo de tarta sobre la mesita auxiliar.

—Mierda.

Maddie no estaba. Ni tampoco su maleta. Al echar un vistazo dentro del cuarto de baño, no encontró ni rastro de ella. El secador y el rizador de pelo habían desaparecido, como si Maddie nunca hubiera estado allí.

Chase soltó otra palabrota entre dientes mientras daba media vuelta y se dirigía hacia la puerta principal hecho una furia. Iba a encontrarla y traerla de vuelta a rastras… Se detuvo con la mano en la puerta.

Había dos problemas. En primer lugar, no tenía ni idea de dónde estaba Maddie. No podía haber ido lejos, pero había varios bungalós en los que podía estar y, a menos que pretendiera ponerse a aporrear como loco cada puerta, debía idear una estrategia mejor. Y, en segundo lugar, no sabía por qué se había marchado. Después de lo de anoche, parecía evidente lo que él quería, así que no alcanzaba a entender por qué Maddie se habría marchado; sobre todo ahora que había conseguido otro bungaló para ellos, que no contaba con una cama con forma de corazón y una colcha de terciopelo.

Aunque iba a echar de menos esa cama.

Chase se apartó de la puerta y se pasó las manos por el pelo. ¿Una estrategia para qué? ¿Para perseguir a Maddie? Mierda. Sin duda, las tornas se habían vuelto.

Se giró y posó la mirada en las sábanas revueltas de aquella maldita cama.

Joder.

Se restregó la cara con las manos, luego cogió las flores y dejó la tarta allí. El primer lugar al que se dirigió fue el bungaló de los padres de Maddie.

Los señores Daniels estaban sentados en la terraza, tomando té mientras hojeaban una revista de supervivencia en medio de la naturaleza. Chase sacudió la cabeza mientras contenía una sonrisa. Los dos parecían una pareja normal a punto de jubilarse.

El padre de Maddie levantó la vista primero y le dedicó una amplia sonrisa.

—Hola, Chase. ¿Qué te cuentas?

—Poca cosa —contestó, apoyándose contra la barandilla—. Hola, señora Daniels.

Ella sonrió, sacudiendo la cabeza.

—Cielo, ya es hora de que empieces a llamarme Megan. ¿Y esas flores? ¡Son maravillosas! —exclamó con un brillo en los ojos—. ¿Puedo preguntar para quién son?

—Para una persona maravillosa.

—¿Ah, sí…?

El señor Daniels se puso de pie y se acercó con la revista en la mano.

—Me alegro de que te hayas pasado. Puedes ayudar a zanjar un debate entre mi señora y yo.

Antes de que Chase pudiera responder, el señor Daniels le plantó delante de la cara la foto de un hombre con una chaqueta de franela junto a un rebaño de vacas.

—Carne de res orgánica —anunció el padre de Maddie—. Intento hacerle entender a Megan que, aunque se produzca un apocalipsis, la mayoría de la gente seguirá queriendo comer carne.

Chase estaba tan acostumbrado a este tipo de preguntas que ni se inmutó.

—Estoy seguro de que a la gente le seguirá apeteciendo un bistec.

—¡Exacto! Así que propuse que deberíamos «patrocinar» un rebaño y ponerlo a la venta. Pero mi encantadora mujer opina que es una pérdida de tiempo.

—Y de dinero —añadió la señora Daniels mientras se giraba en el asiento para mirarlos—. Estoy segura de que, en medio de una lluvia radioactiva, lo último que se le pasará a la gente por la cabeza es un bistec poco hecho.

—O durante un apocalipsis zombi —comentó Chase con una sonrisa.

—Eso llevo diciendo yo un buen rato —contestó la señora Daniels alzando las manos en un gesto de frustración.

Su marido resopló.

—Cuando no se vea el sol durante tres años y te hayas quedado sin hojas de menta que comer, te apetecerá un bistec.

Ella puso los ojos en blanco.

—Esa sería la menor de nuestras preocupaciones.

—Un momento —intervino Chase—. ¿Cómo mantendrían vivas a las vacas si no brilla el sol?

El señor Daniels enderezó la espalda.

—En búnkeres subterráneos lo bastante grandes para plantar cultivos orgánicos. Hay búnkeres repartidos por todo el mundo que miden más que cinco campos de fútbol de largo. Son como una especie de arca de Noé...

—A Chase no le interesa el arca de Noé. Así que, antes de que empieces con ese tema, tampoco vamos a vender sets de «construye tu propia arca de Noé». —Le sonrió a Chase y añadió—: Ni te imaginas cuánto costaría almacenar algo así.

—No, señora —contestó él, sonriendo.

El señor Daniels cerró la revista de golpe y dijo:

—Esta discusión no ha terminado.

Su mujer sacudió la cabeza, suspirando.

—¿Estás buscando a Maddie, cielo?

Chase se quedó atónito mientras se preguntaba si era tan evidente.

—Pues la verdad es que sí.

El señor Daniels regresó a la mesa y dejó caer la revista.

—¿Has perdido a tu compañera de bungaló?

—Eso parece —contestó Chase.

—No la hemos visto, cielo, pero podrías preguntarle a Lissa. —La señora Daniels tomó un sorbo de té—. Puede que estén preparándolo todo para mañana.

Tras darles las gracias a ambos, Chase echó a andar por el sendero. Si Maddie estaba con Lissa, no quería molestarla, pero...

Acabó en el mostrador de recepción del edificio principal. El recepcionista se quedó mirándolo. Era evidente que no le apetecía entablar un segundo asalto tan pronto.

—¿El nuevo bungaló que me dio esta mañana era el único disponible?

Bob ladeó la cabeza, como si estuviera confundido.

—No. Había dos. Preparamos ambos esta mañana. —Empezó a teclear en el ordenador—. ¿El que le asignamos no es de su agrado?

Chase inspiró hondo.

—No. Es perfecto. ¿Qué hay del otro?

—¿El de la señorita Daniels? —El recepcionista esbozó una sonrisa afectuosa. Estaba claro que Maddie le había causado mucho mejor impresión que él—. La señorita se pasó hace unos veinte minutos a recoger la llave del bungaló seis.

Chase miró fijamente al recepcionista con la sensación de que le habían dado un puñetazo en el estómago. La ira desató una feroz tormenta en su interior. Por muy irracional que fuera, se sintió cabreado y ofendido. ¿Maddie lo había abandonado después de lo de anoche?

Dio media vuelta, se alejó del recepcionista sin mediar más palabra y lanzó las rosas en una papelera de camino a la salida.

* * *

Madison estaba de un humor extraño. Atrapada entre los restos de la dicha absoluta que había experimentado la noche anterior y la sensación gélida que persistía en su interior desde que se había marchado del bungaló, no estaba segura de si debería sentirse feliz o triste.

Más bien triste, decidió mientras introducía las campanitas blancas en las cajas que se iban a usar como recuerdos de boda. Al menos, había podido disfrutar durante una noche. Ya no tendría que seguir preguntándose cómo sería estar con Chase. Ahora lo sabía. Era una experiencia maravillosa.

Sintió una opresión en el corazón.

Esa tarde, había estado a punto de llamar a Bridget de nuevo, pero supuso que era mejor mantener esa conversación en persona. Por nada del mundo querría perderse todas las caras de asombro que pondría Bridget cuando le contara que se había sentado a horcajadas encima de Chase y él la había dejado plantada a la mañana siguiente.

Alzó la vista cuando una de las damas de honor soltó un montón de caramelos de menta delante de ellas. Cogió uno, hambrienta, ya que esta mañana estaba demasiado alterada para comer.

—¿Están buenos? —le preguntó Lissa con una risita.

Madison asintió con la cabeza mientras se metía uno en la boca.

—Saben mucho a menta. Están deliciosos.

—Hablando de cosas deliciosas —dijo Sasha, una de las damas de honor—. Creo que el apodo de los hermanos Gamble debería ser «deliciosos».

Cindy, otra de las damas de honor, resopló mientras miraba a la rubia alta y voluptuosa.

—¿Anoche no te enrollaste con uno de los hermanos?

—Puede… —contestó Sasha con una sonrisa misteriosa.

Madison supuso que era un alivio saber que ella no era la única. Dejó caer otra campanita dentro de una caja.

—Nunca consigo distinguirlos —comentó Cindy con una amplia sonrisa.

—Es muy fácil distinguirlos —contestó Madison con tono brusco—. No son trillizos.

—Sí, pero los tres son la personificación del sexo: pelo oscuro, ojos azules preciosos y músculos de los que me encantaría lamer chocolate —dijo Cindy mientras les dirigía una mirada pícara a las otras damas de honor—. Si no estuviera casada ya, claro. En fin, ¿con cuál fue? ¿Chase? ¿Chad?

Madison entornó los ojos.

—Chad —respondió Sasha, sonrojándose—. Aunque no me habría importado que fuera Chase. O los tres a la vez, incluso.

Las damas de honor se rieron, pero Lissa le dirigió a Madison una mirada de preocupación. Quizá solo se debiera a la expresión que se le dibujó en la cara y que indicaba que estaba calculando cuántas campanitas metálicas podría meterle a Sasha en la boca.

—¿No te criaste con ellos, Madison? —prosiguió Sasha, ajena al hecho de que estaba jugando con fuego—. Siempre estaban en tu casa y todo eso, ¿no? Dios mío, yo no habría podido controlarme, pero supongo que es diferente para ti.

Madison atravesó el fondo de una caja con una campanita.

—¿Y eso por qué?

—Bueno, seguro que te consideran una especie de hermana pequeña —le explicó Sasha—. Después de todo, ¿no estás compartiendo bungaló con Chase?

Madison se puso colorada. Madre mía, ¿eso era lo que

pensaba todo el mundo? Se vio tentada de explicarles con todo detalle las cosas muy poco fraternales que había hecho anoche con él.

—En realidad, no creo que las cosas sean así —intervino Lissa con una sonrisa amable—. Madison se lleva muy bien con los tres, pero por lo que he visto...

Lissa se interrumpió, dirigiéndole una mirada traviesa a Madison.

Sasha arqueó una elegante ceja.

—Bueno, en ese caso, bien por ti...

Después de eso, las chicas dejaron el tema de Madison y los hermanos Gamble, aunque intentaron sonsacarle detalles jugosos a Sasha.

Cuando terminaron de preparar las cajas, el grupo se separó para prepararse para el ensayo. Maddie le dio un rápido abrazo a Lissa y regresó a su nuevo bungaló.

Debería estar contenta de tener intimidad, pero aquel lugar le pareció solitario y silencioso. Y, cuando se dio un baño, no hubo esperanzas de recibir una visita sorpresa de Chase.

Se sumergió en la bañera, cerró los ojos e intentó apartar a Chase de su cabeza. Pero él dominaba sus pensamientos a un nuevo nivel, porque ahora había descubierto lo apasionado que era, a qué sabía su cuerpo, cómo era tenerlo dentro de ella...

No podría pasar página nunca.

Esta mañana, al despertar, se había sentido deliciosamente dolorida en zonas de las que se había olvidado y Chase... se había marchado.

Dejó escapar un largo suspiro y abrió los ojos.

Marcharse de aquel bungaló hortera había sido una de

las cosas más duras que había hecho en toda su vida. Una parte de ella permanecía allí, pero la decisión de marcharse había sido fácil. No obstante, la decisión que debía tomar ahora sería la más dura de todas y Madison era consciente de que todo el mundo se asombraría.

* * *

—Ay, no me puedo creer que esto esté pasando. —Su madre agarró de nuevo a Mitch mientras parpadeaba para contener las lágrimas. La señora Daniels llevaba repartiendo abrazos desde que empezó la cena de ensayo y no parecía que fuera a dejar de hacerlo pronto—. Mi niño ya es un hombre hecho y derecho.

Mitch hizo una mueca.

—Mamá…

Ella lo acercó a su pecho y lo apretó mientras se balanceaba.

Madison apartó la vista, reprimiendo una sonrisa, y su mirada se encontró con la de su padre. Él le guiñó un ojo y le apoyó una mano en el hombro.

——¿Qué crees que hará tu madre cuando te cases?

—¡Qué horror! —contestó ella, poniéndose pálida.

La señora Daniels le lanzó una mirada severa a su hija por encima del hombro, luego soltó por fin a Mitch y se giró hacia Lissa, que sonreía de oreja a oreja.

—Sé que tratarás bien a mi hijo, así que quiero disculparme por adelantado por todas las lágrimas que derramaré mañana.

—¿Mañana? —refunfuñó su marido—. Llevas llorando desde que Mitch anunció que pensaba casarse.

—Chitón —respondió ella, pero estaba sonriendo.

Madison se colocó un mechón suelto detrás de la oreja mientras todos empezaban a dividirse en grupos. Ensayarían la marcha nupcial, repasarían los votos matrimoniales y después irían a cenar. Y luego mañana... su hermano se casaría.

Se acercó a él con una sonrisa llorosa.

—Me alegro mucho por ti. Vas a ser un marido estupendo.

Mitch la abrazó.

—Gracias, hermanita.

—Y también un padre estupendo —bromeó.

Él la soltó, abriendo los ojos como platos.

—Por el amor de Dios, no digas eso todavía. Quiero que pasen un par de años, como mínimo, antes de tener un pequeño Mitch correteando por ahí.

—O una pequeña Lissa.

—¿Una niña? No sé si podría lidiar con eso. —Mitch sacudió la cabeza—. Ya fue bastante malo tener que espantar a los chicos que iban detrás de ti.

Madison puso los ojos en blanco.

—Eso no fue así.

—Lo que tú digas. —Su hermano le rodeó los hombros con el brazo—. Bueno, ¿cuándo vas a sentar la cabeza y hacer que las vidas de mamá y papá estén completas?

Antes de que ella pudiera contestar, de pronto llegaron los hermanos Gamble. Chad y Chandler flanqueaban a Chase, que iba vestido con unos pantalones oscuros y una holgada camisa de botones. Unos mechones húmedos se le rizaban alrededor de las orejas. Tenía los pómulos un poco sonrojados y sus ojos eran de un azul acerado.

Estaba guapísimo.

Madison tenía la esperanza de que su hermano no se diera cuenta de que se había puesto tensa. Pero, por supuesto, la suerte nunca había estado de su lado.

Mitch soltó una risita, pero ella le dio un codazo en el vientre y huyó antes de que el grupo de hermanos se acercara a ellos. Madison se dirigió sin pensárselo hacia Lissa y las otras damas de honor. No conseguiría evitar a Chase por completo; pero, mientras no tuvieran que pasar mucho tiempo a solas, creía poder hacer esto sin desmoronarse.

O sin que su corazón acabara todavía más destrozado.

Y solo había una forma de lograrlo. Esa decisión le dolió muchísimo, mató una pequeña parte de su ser (la que todavía creía en los finales de cuento de hadas), pero no le quedaba otra alternativa.

Capítulo diez

Había conseguido evitar a Chase durante la mayor parte del ensayo. Hasta que se colocaron en fila para el desfile nupcial. Todavía no se habían quedado a solas, pero ahora no podría huir de él.

Madison jugueteó con un mechón de pelo, intentando aparentar total indiferencia, pero tener a Chase a su lado era como estar junto al sol: demasiado ardiente para no sentirlo y demasiado potente para no mirarlo.

Mantuvo la mirada al frente y fingió estar absorta en lo que Sasha le estaba diciendo a Chad. Tenía algo que ver con palabras de seguridad, y deseó no haber oído nada de eso. Lo curioso sobre Chad y Chandler era que ella los consideraba una especie de hermanos. Oír esa clase de cosas le provocaba arcadas, pero con Chase era diferente. Siempre había sido diferente.

—Tenemos que hablar —le dijo él en voz baja.

Madison fingió no saber a qué se refería.

—¿De qué?

Cuando Chase puso mala cara, ella supo que no lo había engañado. La conocía demasiado bien.

—Ya lo sabes.

No le apetecía hablar del motivo por el que él la había abandonado esta mañana y se había trasladado a otro bungaló antes de que ella hubiera abierto los ojos siquiera. Y, si Chase se disculpaba por lo de la noche anterior, le daría un puñetazo. En serio.

Madison se cruzó de brazos y volvió a clavar la mirada en la parte posterior de la melena rubio platino de Sasha.

—No hay nada de lo que hablar.

—Y una mierda.

Al oír el gruñido de Chase, Sasha echó un vistazo por encima del hombro con las cejas enarcadas, pero Madison fingió no haber oído nada.

Chase se acercó más a ella y bajó la cabeza mientras le rodeaba el codo con los dedos. Madison dio un respingo al sentir el repentino cosquilleo que hizo que le ardiera la sangre. Sus ojos se movieron por voluntad propia y se encontraron con los de él y, entonces, lo vio sonreír con petulancia.

—Ya me lo imaginaba —dijo Chase.

Madison no se movió. O bien no podía o, no quería.

—¿A qué te refieres?

Él le susurró contra la mejilla:

—Te comportas como si no hubiera pasado nada y finges indiferencia, pero a mí no me engañas.

Madison se enfureció y lo fulminó con la mirada.

—¿Cómo dices?

—Venga, no disimules ahora. Llevas todo el día escondiéndote de mí como una cobarde…

—¿Una cobarde? Dios mío. Serás…

Más adelante, la organizadora de bodas carraspeó, interrumpiendo lo que habría sido una diatriba épica.

—Muy bien, vamos a repasar la comitiva nupcial —anunció la organizadora con voz firme y tan profesional como la apretada coleta y el impecable traje pantalón que llevaba—. Cuando empiece a sonar el *Canon* de Pachelbel, la primera pareja empezará a caminar y yo le haré una señal a cada una de las demás parejas.

¿Pareja? Madison liberó el brazo de un tirón.

A Chase se le dibujó una sonrisita de suficiencia en la cara.

Se oyó la música clásica instrumental y los primeros miembros del desfile avanzaron, cogidos del brazo.

Madison le lanzó una mirada gélida a Chase.

—Eres un cretino arrogante —le espetó—. No estoy tan colada por ti como tú te crees.

—Y eso lo dice la chica que ayer me dio una bofetada y luego gritó mi nombre mientras…

—Cierra el pico —le ordenó entre dientes, poniéndose colorada.

Entonces, llegó el turno de Sasha y Chad. La dama de honor se aferraba a su brazo como si temiera que Chad estuviera a punto de salir huyendo. Chica lista.

Chase le ofreció el brazo.

—¿*Milady*?

Madison puso los ojos en blanco y se planteó ignorarlo, pero eso atraería atención innecesaria y no deseada. Ya había varios pares de ojos posados en ellos. Así que, vale, eso atraería todavía más atención.

Entrelazó el brazo a regañadientes con el de Chase.

—No vamos a hablar de lo que pasó anoche. Y punto.

Él se quedó mirándola.

—No te entiendo.

175

—Y te vuelvo loco. Ya lo pillo.

—Señorita Daniels y señor Gamble —los llamó la organizadora de bodas.

Echaron a andar juntos con rigidez. A todos los presentes debió quedarles claro que pasaba algo entre ellos. Chase parecía querer estrangularla y ella tenía los ojos muy abiertos y cara de pánico. Cuando llegaron al final del pasillo, se separaron. Madison se situó junto a Sasha y miró a los padrinos.

Chase la estaba observando con una intensidad que la puso nerviosa y, al mismo tiempo, la excitó. Se obligó a apartar la mirada, sintiéndose traicionada por su corazón y ahora también su cuerpo. La confusión que la invadió fue como un jarro de agua fría. ¿Que Chase no la entendía? Bueno, en ese caso, estaban en la misma situación, porque él le había dejado claro ayer que solo le interesaba un ligue de una noche. Y lo había conseguido.

La inquietud sustituyó a la confusión y se propagó por su ser como volutas de humo acre.

Después de que Lissa realizara su entrada, el ensayo se desarrolló rápido y sin incidentes. Iban a servir la cena en el comedor situado más cerca y, aunque Madison tenía hambre, se le revolvió el estómago. Tuvo la sensación de que el ambiente se volvía sofocante y le costaba respirar.

Se disculpó y salió a toda prisa del salón en dirección a la parte posterior del edificio. Al llegar a la terraza, inhaló el aire fresco y con un aroma dulce. Apoyó las manos sobre la barandilla y la apretó hasta que le dolieron los nudillos.

Antes del ensayo, había ido hasta el límite de la propiedad y había hecho una llamada que casi la destroza. Su solicitud había sido recibida con asombro y la promesa de una reunión para hablar del tema unos días después de que regresara a casa. Parpadeó para contener unas lágrimas ardientes, pues detestaba lo que había puesto en marcha, pero sabía que no le quedaba otra opción. Aquello suponía el primer paso en la dirección correcta… hacia un futuro que no incluía a Chase Gamble.

* * *

Chase se sintió frustrado, confundido y muy cabreado mientras clavaba la mirada en la espalda de Maddie, que se alejaba. A lo largo de los años, Maddie y él habían tenido sus rifirrafes. Por lo general, a causa de algún imbécil con el que ella estaba saliendo. Y, después de aquella noche en el club, se habían producido momentos incómodos entre ellos, pero ¿esto? Esto no había pasado nunca.

Abrió y cerró las manos una y otra vez a los costados. Una parte de él (una parte enorme) quería ir tras ella, abrazarla y besarla hasta hacerle recobrar la sensatez; pero la otra parte de su ser recelaba de esta situación, de Maddie. No conseguía entenderlo. ¿Qué rayos había hecho mal para cabrearla tanto?

Desde que esta mañana descubrió que Maddie se había marchado a otro bungaló, lo único que quería era hablar con ella. No estaba seguro de lo que haría cuando la tuviera delante, pero este asunto lo tenía descolocado y se sentía fuera de su elemento.

El corazón le martilleó dentro del pecho mientras acortaba la distancia que los separaba. Apoyó la cadera contra la barandilla y se cruzó de brazos.

—¿Por qué te estás escondiendo de mí?

Madison mantuvo aquellos preciosos ojos apartados de él y los labios apretados.

—Chase, ¿es… necesario que hagamos esto?

—¿Tú qué crees? —Hizo una pausa—. Esto no es propio de ti.

Madison realizó una inspiración, que a él le sonó áspera. Cuando alzó las pestañas, Chase vio que tenía los ojos vidriosos. Entonces, volvió a sentir como si le dieran un puñetazo en el vientre.

—Siento haberme comportado como una zorra ahí dentro, pero es que no he comido en todo el día, y supongo que me pongo de mal humor cuando me baja el azúcar o algo así.

—Maddie…

—Pero es cierto que tenemos que hablar de lo que pasó anoche. —Esbozó una sonrisa, pero el gesto pareció forzado y desagradable en sus labios—. Tenías razón.

Durante un momento, Chase se quedó mudo de sorpresa.

—Ah, ¿sí?

—Sí. Lo de anoche tenía que pasar.

Vale, tal vez esta conversación fuera a ir mejor de lo que él creía. Chase se empezó a relajar; pero, cuando ella siguió hablando, fue cómo si todo su mundo se volviera del revés.

—Necesitábamos pasar página y olvidarnos de esto que hay entre nosotros… sea lo que sea —afirmó Madison mientras dirigía la mirada más allá de él, hacia donde el sol poniente proyectaba un brillo anaranjado sobre las parras—. Y lo conseguimos. Ahora las cosas han vuelto a la normalidad, ¿verdad? Seguimos siendo amigos. Y ya podemos continuar con nuestras vidas. Eso es lo que tú querías y… yo también lo quiero.

Chase descruzó los brazos despacio, desconcertado. Le vino a la mente aquel viejo dicho: «ten cuidado con lo que deseas…», pero esto no era lo que él quería. No tenía ninguna intención de satisfacer sus deseos y continuar con su vida. Y, lo que era más importante, ¿qué rayos estaba pasando? ¿En qué estaba pensando Maddie?

—¿Qué estáis haciendo aquí fuera? —les preguntó Mitch desde la puerta—. Todos os están esperando para empezar a comer, y ya sabéis cómo se pone papá. Está a punto de comerse el mantel.

Maddie se rio, parpadeando con rapidez, y se giró hacia su hermano.

—Solo estábamos contemplando la puesta de sol, pero ahora mismo entramos.

Chase se quedó pasmado mientras la veía acercarse a su hermano y darle un fuerte abrazo antes de volver a desaparecer dentro del edificio. Se quedó allí plantado, incapaz de moverse ni asimilar siquiera lo que acababa de ocurrir. ¿Por qué estaba tan asombrado? Esto era lo que él le había ofrecido, lo que quería al principio… «Al principio» eran las palabras clave.

«Joder». Eso fue lo único que pudo pensar.

—¿Estás bien, tío? —le preguntó Mitch mientras se alejaba de la puerta. Se detuvo frente a él, con los ojos entornados—. Tienes mala cara.

Chase parpadeó.

—Sí, estoy… estoy bien.

—¿Estás seguro? —La mirada de su amigo se volvió astuta—. Tienes la misma pinta que Maddie.

Chase se puso tenso. Se dispuso a negarlo, pero no le salieron las palabras.

Transcurrieron unos segundos y, luego, Mitch dijo con una media sonrisa en los labios:

—Oye, detesto verte así. Siempre me has apoyado desde que éramos críos. ¿Te acuerdas de cuando Jimmy Decker me robó la bici?

Chase se rio ante aquel inesperado recuerdo.

—Sí, claro.

La sonrisa de Mitch se ensanchó.

—La recuperaste, pero la sustituiste por otra que tenía los frenos cortados. Cuando Jimmy bajó por aquella cuesta… —Se interrumpió con una carcajada—. Eres la clase de amigo que…

—Te ayudaría a enterrar un cadáver, ya lo sé. —Se volvió a reír—. Por cierto, en realidad, lo de cortar los frenos fue idea de Chad.

—No me sorprende. Pero, hablando en serio, eres un buen tío. No sé qué está pasando entre mi hermana y tú… y no te atrevas a negarlo, porque tengo ojos y os conozco a los dos.

Vaya por Dios…

—Y tampoco sé en qué estás pensando —prosiguió Mitch—. Aunque no estoy seguro de querer saberlo. Pero eres un buen tío, Chase. Y mi hermana siempre ha estado enamorada de ti.

A Chase se le formó un nudo en el estómago. «Mi hermana siempre ha estado enamorada de ti». Hasta que dejó de estarlo unos segundos antes, cuando le explicó que lo ocurrido la noche anterior había sido un simple desahogo. Justo como él le había sugerido al principio… Pensó en las rosas marchitándose en la papelera. Joder. Cómo tenía pensado estrenar el nuevo bungaló…

Chase carraspeó y le sorprendió descubrir que tenía la voz ronca.

—No… no está pasando nada entre nosotros.

—Gilipolleces —repuso Mitch—. No me opongo a que salgas con ella. Así que, si estás esperando mi permiso, ya lo tienes… siempre y cuando la trates bien. —Lo miró a los ojos—. ¿Entiendes lo que digo?

—Sí —contestó Chase con voz entrecortada.

Mitch le apretó el hombro.

—Ahora, vamos. Es hora de comer, celebrar, reír y toda esa mierda.

Chase asintió con la cabeza de forma inconsciente, pero se había quedado entumecido, completamente helado. La ironía de toda esta situación le estalló en la cara. Los obstáculos que siempre lo habían hecho contenerse para no ir a por lo que deseaba ya no existían, pero eso daba igual.

Un dolor muy real le atravesó el pecho. Inspiró, pero tuvo la sensación de que no podía respirar. Sus piernas se estaban moviendo, pero ni siquiera las notaba.

«Ten cuidado con lo que deseas…».

Debería haber hecho caso, porque lo había conseguido y ahora debía sufrir las consecuencias.

Capítulo once

Lissa estaba deslumbrante vestida de novia. El vestido sin tirantes y con un corpiño con forma de corazón le ceñía la cintura, era estrecho en la zona de las caderas y flotaba alrededor de sus piernas como una rosa en flor. Habían añadido una fina capa de perlas en la delicada cobertura de gasa.

Se trataba de un vestido precioso para una mujer preciosa y, si se casaba algún día, Madison quería uno igual: original, pero clásico a la vez.

Madison enderezó la última perla en el pelo de Lissa y sonrió.

—Estás guapísima.

—Gracias. —Lissa la abrazó y luego miró con cariño a las madres de ambas. Las dos mujeres aferraban sus pañuelos como si temieran que se los fueran a arrancar de las manos—. ¿Crees que aguantarán toda la ceremonia?

—Eso espero.

Madison le dedicó una amplia sonrisa y luego se apartó para que Lissa hablara un momento con una de las damas de honor.

Se acercó a la ventana y observó cómo los invitados

avanzaban por el sendero. Chad y Chandler estaban fuera con un par de amigos de la universidad.

No había ni rastro de Chase.

Desde que Madison le había dicho lo que había que decir, se había mantenido alejado de ella. Que era justo lo que Madison pretendía, pero ahora notaba un dolor en el pecho y seguía anhelando estar cerca de él.

Cuando él volvió a entrar después de que lo dejara en la terraza, Chase no le dijo nada. No intentó hablar con ella ni una sola vez y, después de la cena de ensayo, desapareció con uno de sus hermanos. Era evidente que lo aliviaba lo que había oído y ya podía estar tranquilo. Seguían siendo amigos. Todo era normal. La noche de pasión que habían compartido ya era cosa del pasado. Había terminado.

Bueno, habría terminado cuando Madison se reuniera con el encargado de su edificio.

Dejó esos pensamientos de lado y se concentró en lo que estaba pasando a su alrededor. Mitch y Lissa se merecían que estuviera aquí con ellos, que estuviera presente del todo en lugar de ser solo una taciturna sombra de sí misma por culpa de su propia vida amorosa.

Cuando llegó el momento de prepararse para la marcha nupcial, Madison estaba nerviosa por Lissa y su hermano, la llenaba de inquietud ver a Chase y esperaba no tropezarse con el dobladillo del vestido.

Fuera, en el pasillo, divisó los anchos hombros de Chase. Inspiró hondo para armarse de valor, le echó ovarios y fue hacia él, al mismo tiempo que las otras damas de honor se acercaban a sus acompañantes.

Le dio un golpecito en el hombro mientras una suave melodía sonaba en el salón decorado con rosas blancas. Él se giró con una expresión imperturbable en la cara y un brillo acerado en sus ojos azules.

—¿Estás listo? —le preguntó.

Madison sonrió hasta que le dolieron las mejillas. No iba a hacer nada que estropeara esta boda.

—Por supuesto. —Chase le ofreció el brazo y ella entrelazó el suyo con el de él, intentando que no la afectara cuánto la había herido su tono frío. Un momento después, él añadió—: Estás preciosa, Maddie.

Un agradable sonrojo se extendió por sus mejillas y le bajó por el cuello, casi igualando el tono carmesí del vestido de estilo griego. Se le aceleró el corazón. Miró a Chase y los ojos de ambos se encontraron durante una fracción de segundo antes de que ella ladeara la cabeza, haciendo que la melena le ocultara la cara.

—Gracias —susurró—. Tú también estás muy guapo.

Chase aceptó el cumplido como era habitual en él y asintió con la cabeza. Se hizo un silencio incómodo entre ellos. Parecía increíble que las cosas hubieran sido diferentes en otro tiempo. Para ser sincera, Madison no estaba segura de por qué Chase la estaba tratando con tanta frialdad. Era él quien quería que lo que había pasado entre ellos fuera un ligue de una noche. Era él quien se había marchado. Lo único que había hecho ella era intentar conservar un poco de orgullo y decirle que estaba de acuerdo. ¿Se podía saber qué más quería de ella?

Aunque se sentía abatida, alzó la barbilla al oír la música que indicaba el comienzo de la ceremonia. Por delante de ellos, cada una de las parejas fue entrando en el salón, sonriendo. Y, entonces, les tocó a ellos. En el fondo de su ser, Madison encontró la alegría y el afecto que sentía por su hermano y Lissa. La sonrisa que apareció en su cara fue sincera, aunque el corazón se le estuviera rompiendo por dentro.

Porque, después de este fin de semana, ya no volvería a ver a Chase por todas partes como antes. Una puerta se abriría este fin de semana para algunas personas mientras que otra se cerraría para ella.

Todas las hileras de asientos estaban llenas de familiares y amigos. Madison se fijó en que el salón estaba abarrotado de gente y la llenó de felicidad saber que tantas personas apreciaban a su hermano y a Lissa. Ese pensamiento consiguió aliviar la melancolía que estaba a punto de propagarse y devorarla entera.

Miró a Chase cuando el brazo entrelazado con el suyo se puso tenso a medio pasillo. Él le dirigió una mirada inquisitiva y preocupada.

Pero Madison continuó sonriendo durante toda la romántica ceremonia. Su hermano se mostró increíblemente tierno y se transformó en un torpe y emocionado manojo de nervios mientras sostenía la mano de Lissa y repetía las palabras que los unirían para siempre, en la salud y la enfermedad. Y, cuando a Madison se le llenaron los ojos de lágrimas, amenazando con estropear el esmero con el que se había aplicado el rímel y el delineador, se debió a lo enamorados que estaban Lissa y Mitch. Su corazón rebosaba alegría y tristeza al mismo tiempo.

La forma en la que los novios no dejaron de mirarse el uno al otro durante toda la ceremonia la dejó sin aliento y, cuando llegó el momento, cuando se oyeron las palabras «puedes besar a la novia», comprendió que esto era amor verdadero.

Aferró el ramito de rosas blancas, conteniendo las lágrimas.

Los invitados se pusieron de pie y vitorearon. Las lágrimas brotaron de los ojos de Madison, que soltó una risa ahogada al ver cómo Mitch rodeaba la cintura de su flamante esposa con el brazo, la inclinaba y la besaba de una forma que una hermana no debería presenciar.

Cuando Lissa y Mitch se separaron, riendo y sonriéndose el uno al otro, los ojos de Madison se encontraron con los de Chase. Percibió un mundo de secretos en su mirada, un mundo que siempre había estado y siempre estaría cerrado a cal y canto para ella. Lo había experimentado durante un brevísimo y dulce momento, y nunca lo olvidaría.

* * *

El tintineo de los cubiertos apenas se oía debido a las risas y las conversaciones procedentes de la mesa principal y otras redondas más pequeñas situadas a su alrededor.

Chase se rio de algo que dijo Chad mientras recorría con la mirada las hileras de rostros sonrientes. Sus ojos se detuvieron en uno en particular.

Maddie.

Dios mío, estaba tan preciosa. El vestido de color carmesí realzaba su piel de porcelana y su pelo oscuro, por no mencionar que le ceñía el cuerpo en todos los lugares adecuados provocando que la sangre se acumulara en cierta parte de la anatomía de Chase. Aunque, en realidad, no había dejado de acumulársele allí desde la primera vez que vio a Maddie ese fin de semana.

Dios mío, estaba deseando sacarla de allí y llevarla a algún lugar privado. Se moría de ganas por deslizar los dedos por el escote con forma de corazón de aquel vestido. Por ver cómo se le endurecerían los pezones bajo su intensa mirada, por sentir el leve estremecimiento que la recorrería cuando le introdujera la mano debajo del vestido.

Chase cambió de posición en la silla mientras la observaba con los ojos entornados.

Una pequeña sonrisa con los labios apretados se dibujó en sus delicadas facciones y sus ojos parecieron danzar a la tenue luz de los bombillos y las velas, pero Chase se dio cuenta de que le pasaba algo. Ojalá consiguiera averiguar cuándo se habían torcido las cosas. Esa mañana, al despertarse, habría jurado que por fin estaban en sintonía.

Notó un intenso ardor en el estómago. Intentó convencerse de que se trataba de una úlcera. Caray, una úlcera sería preferible al verdadero motivo por el que las entrañas se le contraían y retorcían.

Se había pasado toda la noche dando vueltas en la cama como si se hubiera bebido un cubo de café. Las palabras de Maddie siguieron rondándole por la mente mucho después de que las pronunciara. Las repasó una y otra vez, analizándolas como si él fuera una adolescente obsesionada. Así de bajo había caído. Joder.

Chase se recostó en la silla mientras hacía girar el pie de su copa de champán con aire distraído.

Las cosas no habían terminado bien entre ellos y le inquietaba proporcionarle el espacio que era evidente que Maddie quería.

Se sentía hecho una mierda y no estaba seguro de si se trataba de un tema físico o había algo más. Durante todo el día, se había convencido a sí mismo de que, cuando regresara a la ciudad, tendría muchas cosas con las que distraerse. La responsabilidad de dirigir sus clubes lo mantendría ocupado, los planes para abrir el cuarto supondrían que tendría que dedicar mucho tiempo a reuniones y también estaban las mujeres…

Se le revolvió el estómago al pensar en eso, y no le gustó esa sensación.

Volvió a dirigir la vista hacia Maddie, que estaba sentada junto a sus padres. Mierda. Tenía que dejar de mirarla fijamente como si estuviera suspirando por ella. Alguien iba a acabar dándose cuenta. Pero la gente ya se había dado cuenta, incluyendo a Mitch.

En contra de su voluntad y su sentido común, siguió mirándola, como si la estuviera instando con su mente a alzar la vista y fijarse en él.

Y Maddie lo hizo.

Chase inhaló con fuerza, sin ser apenas consciente de que Mitch se había puesto de pie y estaba brindando por su esposa. No podía oír nada aparte de los fuertes latidos de su corazón resonándole en los oídos. Una simple mirada de Maddie había bastado para que su cuerpo cobrara vida. Tenía el pene duro como acero forjado. Esto era ridículo. Joder, y lo que era aún peor, esta reacción física instantánea no se desvanecía.

—¡Por nosotros! —exclamó Mitch, alzando su copa de champán—. ¡Por nuestro futuro!

Madison levantó su copa, sin apartar la mirada de la de Chase. Sus labios se movieron, repitiendo las mismas palabras que murmuró él:

—Por nuestro futuro.

Capítulo doce

Chase se despertó el domingo por la mañana cubierto de un sudor frío. O bien había contraído la peste o tenía mono de la contaminación y el esmog de D.C. O se trataba de algo completamente diferente y con nombre propio. Maddie.

Se colocó de costado y, al entreabrir los ojos, vio los rayos de sol que se filtraban a través de las persianas. Tras echarle un vistazo al reloj, comprendió que no podía quedarse mucho tiempo tumbado en la cama. Mitch y Lissa se marcharían pronto de luna de miel a las Bahamas y Chase quería despedirse de ellos.

También tenía otro motivo.

Quería ver a Maddie y esperaba poder abordarla antes de que regresara a la ciudad. Tenían que hablar y, puesto que los festejos de la boda ya habían terminado, ahora sería el momento perfecto para hacerlo. Sin distracciones. Sin familiares ni amigos merodeando cerca que pudieran oír la conversación. Sin que Maddie pudiera escapar.

Chase apartó las sábanas que se le habían enredado alrededor de las caderas, se levantó y se estiró. Se había quedado despierto hasta la madrugada, pero por fin había averiguado por qué Maddie había salido huyendo. Aunque ella le había asegurado que ahora solo quería que fueran amigos, Chase no se lo tragaba. De ser así, no se habría ofendido tanto cuando él le sugirió echar un polvo. Ni lo habría estado siguiendo durante tantos años como una sombra.

No. Maddie mentía. Mentía para protegerse, y era comprensible. Después de todo, Chase no había hecho nada para aclararle que ya no opinaba lo mismo que venía afirmando todos estos años, que no era mejor que su padre. En todo caso, había demostrado una y otra vez que ella tenía razón. La primera vez había sido la noche de la inauguración de su club.

Soltó una palabrota cuando se situó bajo el chorro de agua caliente de la ducha. Al recordar lo sexi que estaba aquella noche con ese vestido negro, mientras lo miraba con sus enormes ojos inocentes, el pene se le puso duro como una roca.

La había deseado entonces, había estado a punto de poseerla allí mismo en el sofá de su despacho. Pensar en Mitch no fue lo único que le hizo detenerse. Maddie se merecía algo mejor. Sin embargo, cuando se apartó de ella y recobró la sensatez, no pudo creer lo que había estado a punto de hacer. Así que, al día siguiente, se comportó como un auténtico imbécil con buenas intenciones y le pidió disculpas, alegando que estaba borracho.

Acto seguido, empezó a salir con cualquier mujer que no se pareciera en lo más mínimo a Maddie, para poder sacársela de la cabeza. Había disfrazado el deseo de estar cerca de ella como una cosa fraternal, cuando en realidad (y ahora lo podía admitir) se debía a que sencillamente necesitaba estar con ella.

Chase apoyó las manos en los azulejos húmedos de la ducha, echó la cabeza hacia atrás y cerró los ojos. En el fondo de su ser, siempre había sabido que le tenía mucho cariño a Maddie, que ese sentimiento iba más allá del afecto y entraba en la categoría suprema. Pero nunca lo había aceptado, nunca se había atrevido a reconocerlo.

Pero ahora sí, y por nada del mundo pensaba renunciar a Maddie.

Después de ducharse y cambiarse, y más resuelto que nunca, se dirigió al edificio principal. No le sorprendió encontrar allí a sus hermanos y a la mayor parte de la familia Daniels.

Mitch y Lissa estaban ocupados despidiéndose al mismo tiempo que eludían las pullas de los hermanos de Chase. Este recorrió con la mirada la multitud que aguardaba, buscando el rostro que más necesitaba ver.

Pero no encontró a quien buscaba.

Se giró hacia el señor Daniels con el ceño fruncido y le preguntó:

—¿Dónde está Maddie?

—No te has cruzado con ella por los pelos —le contestó el señor Daniels mientras miraba por encima del hombro al oír que Lissa soltaba una fuerte carcajada. Mitch la había cogido en brazos y la estaba haciendo girar—. Se despidió y regresó a la ciudad.

Chase se sintió como si le bullera ácido en el estómago. Era imposible que Maddie se hubiera marchado sin despedirse de él. Imposible. Pero lo había hecho. Se había marchado.

Lo había abandonado.

Y una mierda.

* * *

Después de que la feliz pareja partiera rumbo al aeropuerto, Chase no malgastó ni un segundo. Se subió a su coche y fue tras aquella fierecilla. No debería haber tardado más de una hora en llegar a la ciudad, pero la suerte no estuvo de su lado. Un accidente en la autopista de peaje lo retrasó cuarenta y cinco minutos. Luego, cuando se acercó a la circunvalación, había dos carriles cerrados y se encontró con otro puñetero accidente en el puente. Cuando por fin detuvo el coche en el aparcamiento situado detrás de Gallery Place, apagó el motor y salió con rapidez hacia la entrada. Maddie podía huir de él, podía esconderse todo lo que quisiera, pero acabaría aceptando la verdad: no podían ser amigos.

Eso no era suficiente. Nunca podría ser suficiente.

Maddie vivía en uno de los pisos más pequeños de las plantas inferiores y Chase estaba demasiado impaciente para esperar a que el ascensor bajara, así que se dirigió hacia la escalera y subió corriendo como un loco.

Le dio igual.

En lo único que podía pensar era en que Maddie se había marchado sin despedirse. Su Maddie nunca habría hecho algo así. Le habría plantado cara y le habría gritado. Le habría cantado las cuarenta. Caray, incluso le habría dado un bofetón. Pero nunca habría huido a menos que estuviera asustada en lugar de enfadada.

Chase abrió la puerta de la cuarta planta, con el corazón acelerado, y casi se choca con una pareja joven a la que acompañaba un perro diminuto.

—Lo siento —farfulló mientras pasaba a su lado a toda prisa.

Al llegar al piso de Maddie, se detuvo y luego aporreó la puerta como si la policía estuviera a punto de hacer una redada.

—¿Maddie? Soy Chase.

No hubo respuesta.

Empezó a enfadarse con aquella descarada mientras seguía golpeando la puerta con los nudillos, planteándose muy en serio abrirla de una patada. Pero supuso que a Maddie no le sentaría demasiado bien.

La puerta de un piso que Chase sabía que estaba vacío se abrió al otro lado del pasillo. El encargado del edificio salió vestido con un peto salpicado de pintura.

—¿Va todo bien, señor Gamble? —le preguntó mientras se limpiaba las manos con un trapo.

Entonces Chase cayó en la cuenta de que sí parecía un loco aporreando así la puerta. Bajó la mano y carraspeó.

—Estoy buscando a Maddie.

Al encargado se le dibujó una sonrisa afectuosa en los labios.

—La señorita Daniels no está aquí. Ha ido con un agente inmobiliario a ver algunas casas al otro lado del río.

A Chase se le cayó el alma a los pies.

—¿Un agente inmobiliario?

El encargado asintió con la cabeza.

—Así es. La señorita Daniels me llamó ayer para comunicarme que pensaba mudarse. Comentó que quería salir de la ciudad. Es una pena que se marche, porque es una inquilina estupenda, pero la puse en contacto con un agente inmobiliario con el que colaboramos. Me dio la impresión de que tenía prisa.

Nada de esto tenía sentido. El cerebro de Chase se negó en redondo a creerlo. A Maddie le encantaba la ciudad y poder ir caminando a trabajar si quería. Nunca se marcharía de esta ciudad. No era propio de ella. A menos que...

Mientras Chase miraba fijamente al encargado, el asombro dio paso a un dolor tan real que le sorprendió no desplomarse de rodillas. Una certeza se extendió despacio por su ser, retorciéndole las entrañas y destrozándolo. Maddie no solo se había marchado. No solo se trataba de que se estuviera escondiendo de él.

Estaba decidida a abandonarlo antes de que Chase tuviera la oportunidad de estar de verdad con ella.

* * *

El lunes por la mañana, Madison estaba sentada en su mesa, con el ceño fruncido, mientras revisaba el centenar de correos electrónicos que había recibido mientras estaba en el viñedo. No había nada demasiado importante, pero pinchó en el primero y empezó a leerlo con atención.

Alzó la vista, sin tener ni idea de cuánto tiempo había transcurrido, cuando Bridget depositó un humeante vaso de café con leche sobre la mesa.

—Gracias —dijo con una sonrisa—. Me hace mucha falta.

—Se nota. —Bridget se sentó en el borde de la mesa de Madison mientras sostenía su propio vaso con una mano y jugueteaba con unos bolígrafos con la otra. Sin duda, los separaría por colores: los azules en una funda y los negros en otra—. Parece que llevaras una semana sin dormir.

Cohibida, Madison hizo una mueca al mismo tiempo que se pasaba una mano por la coleta baja. Ya le había contado a Bridget lo que había pasado en la boda y sus planes para el futuro.

—Ayer por la tarde quedé con un agente inmobiliario y fuimos a ver algunas casas en Virginia. —Hizo una pausa, pues detestó que incluso le costara pronunciar esas palabras—. Regresé bastante tarde.

Además, anoche no había dormido bien. Le encantaba su piso, y también la ciudad, pero tenía que hacer esto. No podía seguir viviendo tan cerca de Chase y arriesgarse a encontrarse con él acompañado de una de sus numerosas novias. Eso la mataría.

Bridget negó con la cabeza.

—No me puedo creer que te vayas a mudar.

Madison se encogió de hombros mientras deslizaba un dedo por un leve arañazo que había en la superficie de la mesa.

—Creo que es hora de cambiar de aires.

Su amiga no pareció tragárselo.

—¿Y no tiene nada que ver con quién vive en el mismo edificio de apartamentos que tú? ¿Ni con lo de seducir al mejor amigo de tu hermano?

Madison se puso colorada, pero no dijo nada.

—Ya sé que te duele verlo, pero… ¿mudarte? —Bridget suspiró—. No creo que sea el paso correcto.

Ella también tenía sus dudas, pero ya había tomado una decisión.

—Necesito empezar de cero, Bridget. Y la única forma de conseguirlo es alejándome todo lo posible de él. Si tengo que seguir viéndolo, nunca conseguiré olvidarle.

Una expresión comprensiva se reflejó en las facciones de su amiga.

—¿Y qué vas a hacer con las reuniones familiares?

—¿Aparte de esperar que él no aparezca? —Tomó un sorbo de café—. ¿Lidiar con ello? No creo que sea tan grave cuando no tenga que verlo todos los puñeteros días.

—Mmm… Para algunas personas, la distancia aviva el amor, ¿sabes?

—Ya, bueno, pues a esas personas habría que atarlas y pegarles un tiro. —Madison dejó el vaso sobre la mesa y toqueteó el ratón—. Ya sé que es algo drástico, pero tengo que hacerlo.

Y era verdad. Como acababa de decirle a Bridget, nunca podría olvidarse del todo de Chase si tenía que seguir viéndolo, oyendo hablar de sus hazañas y, de vez en cuando, presenciándolas. Marcharse de la ciudad la ayudaría.

A pesar de todo, no se arrepentía de lo que había pasado durante la boda. Recordaría aquella noche durante mucho tiempo; puede que durante el resto de su vida. Y tal vez, algún día, volvería a encontrar esa clase de pasión. Notó una opresión en el pecho al pensarlo y se le formó un nudo enorme en la garganta, pero no podía obligar a alguien a enamorarse de ella.

—Bueno, al menos, fue una boda bonita, ¿verdad? —comentó Bridget mientras regresaba a su mesa, que estaba situada en el despacho de Madison.

La aludida asintió con la cabeza.

—Sin duda, fue una boda de ensueño.

—Esa frase parece sacada de una tarjeta romántica. —Bridget se rio mientras Madison continuaba revisando los correos electrónicos—. Deberías anotarla. Por muy cursi que... Oh, joder.

Madison levantó la mirada y miró a su amiga con el ceño fruncido.

—¿Qué pasa?

Los ojos azules de Bridget estaban abiertos de par en par.

—Eh... compruébalo por ti misma.

Confundida, Madison siguió la mirada de Bridget y, entonces, se quedó boquiabierta.

—Ay, Dios mío...

A través de las paredes de cristal que rodeaban su despacho, vio una inconfundible cabeza de pelo oscuro dirigiéndose directa hacia ella y unos hombros anchos que reflejaban decisión y determinación.

Chase.

¿Qué estaba haciendo aquí? ¿Por qué había venido? No tuvo tiempo de hallar las respuestas a esas preguntas, porque la puerta del despacho se abrió de golpe y Chase apareció allí: alto, moreno, pecaminosamente sexi y muy cabreado.

Madison hizo ademán de ponerse de pie, pero le fallaron las piernas.

—¿Qué haces aquí, Chase?

—Tenemos que hablar —contestó él, clavándole una mirada abrasadora.

—Eh... ¿ahora mismo? —Madison recorrió el despacho con una mirada de impotencia—. Creo que...

—No puede esperar —repuso él casi gruñendo—. Tenemos que hablar ya.

Bridget empezó a levantarse de su silla.

—Creo que os voy a dar un poco de intimidad. Estoy segura de que ahí fuera hay unas cuantas mesas que ordenar.

Madison, que ya se había puesto de pie, se alisó la falda de algodón con las manos. Al echar un vistazo por encima del hombro de Chase, comprobó que muchos de sus compañeros de trabajo los observaban desde sus cubículos. Esto se iba a poner incómodo.

—No. No hace falta que te marches. Eh… Chase y yo podemos…

Antes de poder terminar la frase, Chase se situó delante de ella. Sin mediar palabra, la sujetó por las mejillas y la besó. Madison se quedó paralizada, demasiado asombrada para reaccionar al principio, mientras los labios de Chase ejercían presión y le exigían despacio que abriera la boca. Entonces, su cuerpo cedió al abrazo y al beso, que se volvió más profundo enseguida.

Chase la apretó contra él, haciéndola ponerse de puntillas. La besó con la misma pasión y el anhelo desesperado que ella había llevado consigo durante tantos años. Madison notó que la abrazaba con brazos temblorosos y eso hizo añicos los muros que acababa de levantar alrededor de su corazón.

Cuando Chase se separó, siguió rodeándola con los brazos.

—¿Por qué… has hecho eso? —le preguntó.

—Lo siento —dijo él con una media sonrisa—. Necesitaba quitar eso de en medio primero.

—Vaya. Me van a hacer falta palomitas —murmuró Bridget.

Madison se puso colorada desde las raíces del pelo hasta las puntas enroscadas de los pies. De algún modo, se había olvidado de que su amiga seguía allí… además de la sala llena de gente que los observaba desde el otro lado de las paredes de cristal. Madison se apartó, negando con la cabeza.

—Chase…

—Deja que te explique algo primero, ¿vale? Antes de que salgas corriendo o te pongas a discutir conmigo.

—Eh…

—Maddie —insistió él con ojos relucientes.

—Será mejor que le dejes hablar. —Bridget se volvió a sentar en su silla y se cruzó de brazos—. Estoy deseando oír qué tiene que decir.

Madison le lanzó una mirada asesina a su amiga; pero, por lo visto, Bridget no tenía pensado marcharse. Ni Chase tampoco.

—Vale —cedió.

Chase realizó una larga inspiración.

—No hay otra forma de decir esto que ir directo al grano. He sido un idiota… un cretino. Me he portado mal contigo una y otra vez.

Madison se quedó boquiabierta.

—Y, todo este tiempo, he estado intentando hacer lo correcto al no estar contigo. No quería traicionar a Mitch al acostarme con su hermana pequeña. Tampoco quería acabar estropeando nuestra amistad, porque siempre has sido una parte muy importante de mi vida. —Chase respiró hondo—. Y no quería llegar a ser nunca como mi padre… tratarte como él trataba a mi madre. Pero todo eso era una estupidez… Ahora lo entiendo. Chad tenía razón. Nuestro padre nunca quiso a nuestra madre, pero mi caso es diferente... Nuestro caso es diferente. Siempre lo ha sido.

Mientras hablaba, Chase no apartó la mirada de ella ni un instante. Madison abrió la boca para decir algo, pero él continuó a toda prisa.

—Pero lo único que he conseguido es fastidiar las cosas. Aquella noche en el club... no estaba borracho.

Madison se movió, incómoda.

—Ya lo sé.

—Fue una excusa lamentable, y lo siento. Esa noche... debería haberte dicho lo que sentía en realidad. Y todas las noches que vinieron después. —Chase dio un paso al frente—. Y también debería haberte dicho lo que sentía esa noche en aquel puñetero bungaló.

Madison notó que el corazón se le henchía a medida que la esperanza iba creciendo en medio de una maraña de emociones que nunca sería capaz de desentrañar. Todo esto parecía surrealista. Se le anegaron los ojos en lágrimas mientras situaba las manos a su espalda para aferrarse al borde de la mesa.

—¿Y qué es lo que sientes?

Chase sonrió mostrando aquellos profundos hoyuelos que a ella le encantaban y, cuando habló, su voz sonó ronca.

—Dios, Maddie, no se me dan bien estas cosas. Eres... eres mi mundo. Siempre has sido mi mundo, desde que tengo uso de razón.

Al oír la exclamación ahogada de Bridget, Madison se cubrió la boca con una mano temblorosa.

Chase dio un paso al frente, colocó una mano sobre la suya y se la apartó con suavidad de la boca.

—Es la verdad. Lo eres todo para mí. Te quiero. Ya te

quería mucho antes de comprenderlo. Por favor, dime que mi estupidez no ha jodido las cosas entre nosotros sin remedio.

Durante un momento, Madison no se movió, ni siquiera respiró, mientras las palabras de Chase se propagaban por su interior y le envolvían el corazón, al igual que sus fuertes dedos envolvían los de ella. Y, entonces, se lanzó hacia delante y le plantó un beso en la boca.

Él le devolvió el beso con pasión y desesperación mientras la abrazaba con fuerza, aplastándola contra su pecho. Madison pudo sentir su duro y cálido cuerpo contra el de ella, desde los pezones hasta donde la parte más dura y ardiente de Chase se apretaba contra su vientre. La deleitó notar su erección y la pasión con la que la abrazaba… aunque, por supuesto, este no era el lugar apropiado para ello; pero no pudo evitarlo, porque llevaba toda la vida esperando este momento.

Esta era la hora de la verdad. Madison volvió a sentir un nudo en la garganta. Apenas se dio cuenta de que Bridget salía con sigilo del despacho.

—Te deseo con cada fibra de mi ser —le dijo Chase con voz ronca, rozándole los labios.

Ella se quedó sin aliento.

—Ah, ¿sí?

Chase asintió con la cabeza.

—No hay nadie más… Nunca ha habido nadie más para mí salvo tú. Solo tú, Maddie. Y te juro que nunca te trataré como mi padre trató a mi madre. Joder, nunca podría hacer eso. No soy como él.

Madison parpadeó para contener las lágrimas mientras abrazaba a Chase e inhalaba su aroma.

—Ay, Dios mío, Chase, te quiero tanto.

Él se rio, con una mezcla de alivio y alegría, mientras la apretaba más fuerte y Madison pudo notar los potentes latidos de su corazón contra el de ella. Entonces, Madison le acercó los labios a la oreja y le susurró:

—Creo que tengo que pedir un día de baja por enfermedad, porque me apetece muchísimo hacer cierta cosa ahora mismo.

Chase soltó un suspiro entrecortado.

—No podría estar más de acuerdo, pero…

—¿Pero? —repitió ella, echándose hacia atrás con el ceño fruncido.

Chase le dedicó una sonrisa deslumbrante.

—Pero, después, vamos a ir a casa de tus padres.

—¿En serio? —A Madison se le dibujó una sonrisa en los labios. Le rodeó el cuello con los brazos, rebosante de alegría—. Me da miedo preguntar por qué.

La sonrisa de Chase era tan amplia como la de ella.

—Creo que tenemos que darles la noticia a tus padres cara a cara, porque esto…

La besó de nuevo, entrelazando la lengua con la de ella y haciéndole soltar un gemido ahogado. Y ese beso se prolongó hasta que a Madison se le enroscaron los dedos dentro de los zapatos de tacón y el corazón le martilleó con fuerza dentro del pecho.

Nunca se cansaría de besar a Chase… de amarlo.

Él se apartó y sonrió contra la boca de Madison mientras le decía:

—Esto es para siempre.

Agradecimientos

Siempre me resulta difícil escribir los agradecimientos. Por mucha gente a la que le dé las gracias, sé que siempre me olvido de alguien. Así que, esta vez, será algo breve y dulce, como diría Chase. Gracias a todos los que me han ofrecido palabras amables o de apoyo, a quienes ayudaron entre bastidores a que *Seduciendo al mejor amigo de mi hermano* se convirtiera en realidad y a quienes compartirán el viaje de Maddie y Chase.

Esperamos que hayas sentido y fluido
con cada línea de este libro
como lo hemos hecho nosotros.

Tu opinión es importante.
Por favor, haznos llegar tus comentarios
a través de nuestra web y nuestras redes sociales:

#SomosAgua

Plataforma Editorial planta un árbol
por cada título publicado.